子づくり婚は幼馴染の御曹司と

目次

子づくり婚は幼馴染の御曹司と

「はぁ〜〜、クリスマス直前にフラれるとか、最悪なんだけど……」

八雲小百合《やくもさゆり》は薄いグラスを掲《かか》げ、日本酒をぐいと飲んだ。

「私の身長があと十センチ低かったら、フラれなかったのかなぁ。こういうパターン、何度目だろ？」

「そろそろやめとけって。飲みすぎだぞ」

ため息を吐《つ》きながら徳利《とっくり》に伸ばした手を、正面から制される。

「明日は休みだし、理生《りお》が一緒だから安心して飲んでるの」

「そりゃどうも。ていうか、俺のことそんなに信用してるんだ？」

小百合の相手をしている幼馴染《おさななじみ》の寺島《てらしま》理生が呆《あき》れ声《ごえ》で言った。

彼は幼稚園、小学校の同級生だ。中学、高校と一度疎遠《そえん》になったが再会した大学で意気投合し、社会人になってもこうしてよく会っている。

「昔からの付き合いだもの。理生のことは信用してる。他の人とだったらこんなに飲まないし、醜《しゅう》態《たい》もさらしません」

「まぁ、誰にも見られない個室だしな。酔いまくっても、どうせ俺が送っていくしな」

「……ありがと。いつもごめん」

小百合がしゅんとすると、日本酒を手にした理生が苦笑した。

「いいよ。俺も小百合と飲むの、楽しいから」

「私も楽しい。でも、こんなに豪華なところばかりはちょっと困るよ。割り勘にもさせてくれないんだもの」

小百合は誘われた料亭の個室内を見回す。

床《とこ》の間《ま》のある清潔《せいけつ》な八畳の和室に二席だけという贅沢《ぜいたく》さ。隅《すみ》に置かれた間接照明が部屋を上品に照らしている。美しい空間に素晴らしい食事――

できたばかりの恋人にフラれた小百合のために、「慰《なぐさ》めてやるか」と理生が用意してくれた場所だ。

こういった「慰《なぐさ》めの会」は何度目だろうか。

社会人一年目に当時の恋人にフラれた時から、理生とふたりで飲み始めた記憶がある。

小百合は背が高いことにコンプレックスを持っていた。

昨今、女性の百七十六センチという身長は珍しくもなさそうだが、彼女にとってはネガティブな要素が大きく、特に男性関係においては顕著だった。

フラれた理由で過去に一番傷ついたのは、体の相性が悪いと指摘されたこと。自分とたいして変わらない身長の体を相手にするのはしんどいだとか、そもそもその気になりにくいだとか、挙《あ》げ句《く》の果てには、小柄の女性のほうが好みだとはっきりわかった、などと言われてしまった。

そして今回は婚活で出会った相手。深い関係になる前に別れたのは不幸中の幸いかもしれないが、去られた理由が「隣を歩くと背丈が一緒で恥ずかしいから」だったので、またかと落ち込んでいる。

とにかく、その前も、その前も、フラれた時は理生が慰《なぐさ》めてくれた。次の恋に向かうまでの期間、彼は素晴らしい場所ばかりを選び、遊びや食事に連れていってくれたのだ。

それができたのは理生が大企業の御曹司《おんぞうし》であり、セレブな人種だからだろう。

「店を決めてるのは俺なんだ。金のことは気にしなくていい。誘いづらくなるから、そういう遠慮はやめてくれ」

理生は小百合の言葉を聞いて、不満げな顔をする。

「本当に？」

「本当。俺も、小百合が相手だと気兼ねなく飲めていいんだ。だからお互い気を遣うのはなし。いいな？」

「わかった。じゃあ、これからもよろしくお願いします」

理生はセレブではあるが、小百合が誘う居酒屋にも気軽に付き合い楽しんだ。何の話でも盛り上がるし盛り上げてくれるから、彼といると居心地が良くてつい時間を忘れてしまう。理生にとっても小百合はそういう存在なのだろう。

（そういえば、この二年くらい恋人がいないみたいだけど、どうしてなんだろう？　理生なら、よりどりみどりなのは間違いないのに）

疑問に思った時、個室をノックされた。小百合はとっさに居住まいを正す。

「お待たせいたしました」

入ってきた仲居が、鴨葱《かもねぎ》の陶板《とうばん》焼きと蕎麦《そば》を座卓に並べた。茶蕎麦《ちゃそば》、十割蕎麦《じゅうわりそば》、変わり種のバジル蕎麦《そば》が、それぞれ小鉢に可愛らしく盛られている。

「ここの蕎麦《そば》、美味《うま》いんだよ」

「美味《おい》しそう～……！」

ごゆっくりどうぞ、と仲居が出ていき、再びふたりだけの空間になる。

小百合は蕎麦《そば》を啜《すす》ったあと、目の前で同じく蕎麦《そば》を頬張る理生を改めて観察した。

たぶん、誰がどう見ても理生はイケメンの部類に入る。実際、大学の時はかなりモテていた。彼の恋人遍歴はだいたい知っている。みんな美人で人気のあった女性だ。

理生の身長は百八十八センチ。小百合より十センチ以上高い。手足が長く、細身に見えてしっかりした体躯《たいく》は、上着を脱ぐと男らしさを感じさせた。

(見慣れちゃったから普段は忘れてるけど、本当にイイ顔してる)

きりりとした大きな目、通った鼻筋、大き目の口が野性的なところも魅力的だ。ビジュアルの良さは百点満点だろう。

(それに加えて性格は明るくてノリがいいし、誰にでも優しくて、私の面倒まで見てくれるイイ奴なのよ。これでモテないほうがおかしいでしょ。まぁ、たまに意地悪なことは言うけど……)

客観的に見れば本当に素敵な男性である。だが、幼い頃から知っているせいか、小百合の恋愛対象にはならなかった。彼もまた同様で、小百合が恋愛対象になることはない。

何でも気兼ねなく話せて、愚痴《ぐち》を言い、聞き役に回り、バカ話をして笑い、楽しい時間を共有できる大切な友人。それが小百合と理生の関係だ。

（大切な友人だからこそ、理生には幸せになってほしいと思ってる。面と向かってそれを伝えるのは照れ臭いけどね）

香ばしく焼けた鴨肉《かもにく》を口に入れる小百合に、理生が言った。

「お前さ、『これからもよろしくお願いします』って、また懲《こ》りずにフラれるつもりなのか？」

「ちょっ、好きでフラれてるわけじゃないわよ、失礼な！」

鴨肉《かもにく》をもぐもぐ噛みながら抗議する。

「身長のことは気にしなくていい。小百合はモデル並みにスタイルがいいんだから」

「理生だけよ、そんなふうに言ってくれるの。理生は背が高いから、気にしないでいてくれるもんね。でも、私と同じくらいの身長の男性からするとダメみたい」

「身体的なことを相手に求める男は、自分に自信がないんだろ。小百合は何も悪くないよ」

きっぱりと言ってくれた理生の言葉で、心が慰《なぐさ》められた。

「……ありがと。理生がやめておけって忠告してくれたのに、私が中途半端な気持ちでいたのがいけなかったのよね、きっと」

「やめて良かっただろ、あんな男」

「結婚するには良い人だと思ったの。年収も十分あって優しそうだったし……」

「でもケチ臭かったじゃん」

「そ、それは結婚する前提だったから、お金にうるさかったのよ」

言い訳じみたことを口にしながら、結婚相手と考えていた彼の行動を思い出す。

「初デートで『ふつーの蕎麦屋《そばや》』に行って、ワリカンのうえに端数は小百合持ちだったんだろ？」

「うん、まぁ……。細かいお金がなかったのかなって」

「カードで払えよ、そんなもん。その次のデートは牛丼屋に行って終わり。その後もデートらしいデートなんてしてなかったよな」

「よく覚えてるわね。理生って記憶力がいいよね」

感心していると、理生が腹立たしげな表情をあらわにした。

「先月の小百合の誕生日だって祝わなかった。どこまでケチなんだよ」

「それは……。まだ付き合い始めたばかりだったしょうがないよ。あ、あの時はありがとう。理生が誘ってくれたテーマパーク楽しかったね」

「ああ、また行こうな。って、いやそれは別にいいんだよ、とにかくだな――」

「お金の価値観以外は結婚してもいいかなって思えたのよね。好きなドラマとか映画も似てて」

「そんなもん、俺だって小百合と好み一緒じゃん。小百合の友だちだって同じじゃないか」

「と、とにかく、婚活で結婚話が進んだのはその人だけだったんだもの。いいと思ったのよ」

小百合はバジル蕎麦《そば》をつゆにつけ、ひとくち啜《すす》った。爽《さわ》やかな風味が口に広がり、意外な美味《おい》しさに驚く。

「身長がどうのの前に、小百合の『結婚したい！　誰でもいいから！　早く！』っていう焦《あせ》りが相手に伝わってるんじゃないか？　それに怖《お》じ気《け》づいた男が、身長を理由にして去っていく……。あると思うな、俺は」

理生は鴨葱《かもねぎ》を日本酒のアテにして食べ、美味《おい》しいと言っては飲む、を繰り返している。

そんな理生を見つめて、小百合は小さく息を吐いた。

「もう二十八歳だもの……焦《あせ》るわよ。世間じゃ、結婚したくない二十代だの、おひとりさまが流《は》行《や》ってるだの言われてるけど、あんなの嘘」

「嘘って？」

理生が残りの蕎麦《そば》を啜《すす》る。彼は気持ちいいくらいの食べっぷりなので、小百合も一緒に結構な量をたいらげてしまう。それもまた楽しいのだが。

「私の周りはみんな恋人いるし、っていうか恋人どころか半数以上結婚して子どももいる。後輩も結婚し始めて……。とにかくね、現実はこんなものなのよ」

「まぁ……、男はまだしも、女性はそういうことを気にする年齢かもな」

理生はおちょこを口にして、うんうんとうなずいた。

「でしょ？　ほら、夏に夕子《ゆうこ》の結婚式、理生も一緒に出たじゃない。あ、春には富井《とみい》くんの結婚式も」

「ああ、そういえばそうだった」

「だから焦《あせ》るな、なんて安易に言わないでほしいわけ。……私ね、夢があるの」

理生と話しているうちに、気持ちが落ち着いた自分に気づく。

冷静になってみれば、自分をフッた相手に対してそれほど恋愛感情があったわけではない。理生に言われたとおり、結婚というものに焦《あせ》っていただけなのだろう。

「知ってる。子どもは三人以上産みたい、金銭的に余裕があれば五人は欲しい、戸建てに家族でわいわい賑《にぎ》やかに暮らしたい……だろ？」

座椅子の背にもたれ、くつろいだ体勢で理生が答えた。

「正解！　よくそんなに詳しく覚えてるわね〜、やっぱり記憶力がいい！」

「まぁな」

ふふんと鼻で笑う彼に、小百合は苦笑する。

「そんなの、夢のまた夢だってわかってる。このあたりで戸建てを持つなんて私の歳《とし》じゃ到底無理。だからせめて早く子どもを産みたいと思って……」

何だかんだ、自分の欲を優先していただけ。そんな思惑《おもわく》を感じ取った相手が去るのは、当然かもしれない。

「何かもう、恋だの愛だのは面倒臭い、どうでもいいってなっちゃった。理生が慰《なぐさ》めてくれたけど、身長のコンプレックスはなくなりそうにないし」

最終目標は「たくさん子どもが欲しい」なのだ。その過程にしがみついても意味がないと、ようやく理解する。

「だからもう、恋愛すっ飛ばして結婚だけしたーい！　なんてね――」

「じゃあ俺と結婚すれば？」

理生が言った。聞き間違いかと思うほど、さらりとした言い方で。

「……え？」

「親同士も知り合いだし、面倒なことは一切ないだろ」

「ちょ、ちょっと冗談がすぎるでしょ、何言ってんの」

「冗談でこんなこと言わないって」

珍しく真剣な表情でこちらを見るから、小百合の心臓がドキリと音を立て、無意識に顔が熱くなる。

確かに理生は冗談で大切なことは言わない。

ということは——

「もしかして何かあったの？　悩みがあるなら言って？　親友なんだから」

小百合が身を乗り出すと、彼はさっと視線を逸《そ》らした。

「親に結婚しろって、うるさくせっつかれてるんだよ。でも、親が決めた相手は絶対にイヤだ」

「何でイヤなの？　あんた御曹司《おんぞうし》なんだから、お相手はすごい女性ばっかりなんでしょう？　理生と同じ立場のお嬢様、親が俳優のモデル、あとは……女優？　アナウンサー？　よりどりみどりじゃないの」

理生は口をつぐみ、まだ視線を正面に向けずにいる。

「会ってみればいいのに。すごく可愛くていい人かもしれないよ？　今時、政略結婚を決めようとする女性なんて、真面目で心意気があっていいと思うけどなぁ」

「小百合ってお人好しだよな。そんなんだから、ろくな男が寄ってこないんだよ」

「わ、私の話じゃないでしょ。理生の結婚の話を――」

「だから俺は小百合と結婚する。お前にとっても優良物件だろ、俺」

上目遣いで問われ、今度は小百合が目を逸《そ》らしてしまった。

(何で私、ドキドキしてるの？　結婚って言葉に弱いから？　というか、理生がいつになく素敵に見えたのはどういうこと？)

動揺を鎮《しず》めるためにコホンと咳払《せきばら》いし、姿勢を正す。

「そりゃまぁ、優良物件だろうけど……。でも、私と結婚したって理生にはメリットがないじゃない」

「いやありすぎるだろ。幼馴染《おさななじみ》だから気心が知れてる。親同士の仲がいいからこの結婚を喜ぶに決まってる。小百合は変にセレブに染まってない。俺にとってはいい条件ばかりだ」

「なるほど……」

そういう考え方もあるのかと妙に感心していると、理生がニヤリと笑った。

「俺と結婚したら、子どもは何人産んでくれてもかまわない。もちろん育児は協力する。その上でシッターをつけて小百合の負担を減らそう」

「なっ、何人でも!?」

嬉しい提案に、小百合は思わず立ち上がりそうになる。

「そう、何人でもオーケー。俺の仕事的にも、子どもは大歓迎だからな」

「ああ、確かにそうよね。忘れてたわ」

理生が勤めているのは「テラシマ・ベイビー株式会社」という、マタニティ、赤ちゃん、キッズ用品を取り扱っている大企業だ。

品物が購入できるだけではなく、マタニティママのコミュニティや習い事、幼児教育などの運営もしており、これらはすべてオンライン上でも行える。また様々なイベントを開催していて、そちらも盛況だ。この業界では頭ひとつ抜きん出ている会社である。

海外への輸出においては、品質の良い日本製品が受け、国内の少子化による消費の縮小も避けられていた。ＳＤＧｓに対する取り組みも積極的だ。

（そんな完璧な企業の社長が理生のお父さん。理生がその会社を継ぐことは決まっていて、仕事に邁進中《まいしんちゅう》。理生は真面目でよく働くのよね……）

などと、酔った頭で考えていると、彼がおちょこを掲《かか》げる。

「小百合が続けたいなら、今の仕事を辞めなくていい。育児同様、お互いに忙しい時は家事を外注に頼ろう」

「でも御曹司《おんぞうし》の奥さんなんて、お付き合いが大変そう」

「最近は奥さん同伴のパーティーや会食は滅多にないよ。起業家も独身者が増えてるんで」

「へえ、そうなんだ」

「な、条件いいだろ？　それに俺の隣なら身長は目立たない。まぁ、そもそも俺はそんなこと気にしないって、さっきも小百合が言ったとおりだしな」

理生が日本酒を飲み干し、こちらを見て笑った。

確かに条件は最高だ。小百合の夢が叶うのは目に見えている。親同士も喜びそうだ。

「理生と結婚ねぇ……。うん、まぁ、そういうのも良いかもね」

つい、そんな返事をこぼす。

「よし決まり。じゃあ、そろそろ出ようか」

「えっ、あ、そうね。もうこんな時間？　ありがとう、いろいろ愚痴《ぐち》聞いてもらっちゃって」

「いえいえ。有意義な時間だったよ。美味《うま》かったしな」

「本当ね。すごく美味《おい》しかった」

慌ただしくその場を出ることになり、小百合も急いで身支度をする。

理生は今夜も、彼女には支払わせてくれない。

「ごちそうさまでした。でも、私から誘いにくくなるから、今度は絶対に払わせてね」

店を出て、路地に入ったところで小百合はお願いした。

きんと冷たい空気にさらされた頬が、日本酒で火照《ほて》った熱を一気に冷ます。寒さに縮こまった小百合の肩を、理生が抱き寄せた。

「っ⁉」

唐突な彼の行動に絶句して顔を上げる。視線が合った理生が、ニッと笑った。

「じゃあ次はクリスマスな。そこでごちそうしてもらうよ」

「……わかった。お店が空《あ》いているかわからないけど、探しておくね」

過剰に反応するのもおかしい気がして、平静を装《よそお》って返事をする。と、同時に理生が手を離し、普通に隣を歩き始めた。

(今のは何だったの？　肩を抱くなんてこと、今まで一度もしなかったのに。もしかして理生ってば相当酔ってる……？)

寒さなど吹っ飛んでしまうくらいの衝撃である。

(きっとそう。だから私と結婚するだなんて、とんでもないことを言い出したのよね？)

小百合はドキドキしながら夜空を見上げた。冷え込みが厳しいせいか、都会の空にも星がいくつか輝いて見える。

「その時、婚約指輪、買いに行くから」

「え、あ、はい……？」

「小百合が好きな指輪買ってやるよ」

照れ臭そうに頭を掻《か》きながら彼が言う。

小学校の時から変わらないそのクセを見て、小百合は苦笑した。

「買ってやるって言い方〜」

「そうか、失礼だったな。ええと……買わせてください」

「それまでに理生の考えが変わってなければ、ね」

やはり酔っているのだろう。明日になれば理生はきっと忘れている。小百合も彼の言葉を本気になどしていなかった。

　ここまで考えた時、ふと思い出す。

　先月の話だ。

　婚活相手と付き合い始めた十一月初旬。ちょうど小百合の誕生日だったのだが、その彼は何も言ってこなかった。婚活で互いのプロフィールはわかっていたのに、である。それを知った理生が気を遣い、以前に約束していたテーマパークへ誘ってくれたのだ。

　落ち込んでいた小百合に、理生がかけてくれた言葉が――

「理生、テーマパークに出かけた時に冗談言ったでしょ？　律儀にその約束を守らなきゃって思ってるんじゃないの？」

「クリスマス前に小百合がフラれたら一緒にいる。それでひとりになった小百合を俺がもらってやるって話？」

「そう！」

「お前さぁ……それ、マジで忘れてただろ？」

　はぁ～、と理生が大げさにため息を吐《つ》いた。

「だってあれは、私を慰《なぐさ》めてくれようとした冗談の言葉でしょ？」

「本気だって言ったよ」

「え……、そうだったっけ……？」

　言われた記憶がないので首をかしげると、彼は体を傾けて顔を覗き込んできた。

「寺島小百合って、良くない？」

「寺島小百合……、まぁ悪くはないんじゃない？」

「語呂はいいな」

「こういうの語呂って言う？」

「あははっ、わからん」

「理生ったら」

理生が笑い、何だか小百合もおかしくなって、一緒に笑う。

美味《おい》しい料理と美味《おい》しいお酒。素敵な空間と、理生との会話。それらを満喫《まんきつ》した小百合は、すっかりいつもどおりの元気な自分に戻ったことを、真冬の夜の中で実感していた。


翌日の午後。

今日は休日なので小百合はひとり暮らしの部屋のベッドで、ゴロゴロしながらスマホの画面を眺《なが》めていた。

昨夜は飲みすぎた気がしたのだが、どこも何ともない。良い酒は美味《おい》しいだけでなく、悪酔いにすらならないのだ。

（今さらこんな時期にクリスマスの予約なんてやっぱり取れないな……。どうしよう、近所のパスタ屋さんですら予約でいっぱいだわ）

せっかく理生にごちそうできると思ったのに、これでは約束を果たせそうにない。

彼は仕事が忙しく、普段はそれほど頻繁に会えないのだが、小百合に悩みができると必ず駆けつけてくれる。美味《おい》しいものがあるところや楽しい場所に連れていってくれて、小百合の気が紛《まぎ》れた頃に解散する。それらの支払いを、いつも知らない間に理生が済ませてしまうのだ。

(理生がいいと言ってくれても甘えてばかりは申し訳なさすぎる。私の財力では豪華なところは無理だけど、美味《おい》しそうなお店を探そう)

その後、しばらくSNSで探しまくっていると、良さそうなお店が見つかった。

「新しいもつ焼き屋さんだ。何これ、席にハイボールのサーバーがついてるの？　飲み放題ってこと？」

ワクワクしながら情報をチェックする。予約も取れそうだ。クリスマスにもつ焼き……、まぁカップルでもないのだしいいか、と思った時。

——二十四日どう？　俺が店取ろうか？

理生からのメッセージがスマホに届く。

——新宿《しんじゅく》にあるもつ焼き屋さんの予約が取れそうなの。七時に予約入れちゃってもいい？

——いいね、ありがとう。じゃあ待ち合わせは五時に銀座《ぎんざ》で。小百合、早番の日だよな。間に合うか？

「銀座？　何でだろう？」

——間に合うけど、銀座に何の用なの？

——買い物だよ。そのあと、もつ焼き屋に間に合うようにするから大丈夫。不都合があったらメッセージして。

　そこで会話は途切れた。仕事なのか会食なのかわからないが、理生は忙しそうだ。

「まさか本当に指輪を買いに行くつもり？　……なわけないか」

　突然浮上した結婚話が本気だとは思えない。

「理生は酔ってたし、今も結婚話は出ていない。次に会った時はいつもどおりの関係に戻ってるでしょ」

　ぶつぶつ言いながら店の予約をする。何を着ていこうか、などと小百合は呑気《のんき》に考えていた。


　そしてクリスマスイブの土曜日。

　小百合は音楽教室のカウンターで受付業務に励んでいた。早上がりの日なので、理生と待ち合わせの時間には余裕で間に合いそうだ。

「こんにちはー」

　受付前に来た若い女性に挨拶《あいさつ》をすると、彼女が申し訳なさそうな顔をする。

「あっ、こんにちは。ギターレッスンに来たんですけど、吉田《よしだ》先生、もういらしてますよね？　ちょっと遅れちゃって……。私、高橋《たかはし》といいます」

「高橋さまですね。五分遅れなので、まだキャンセルにはなりません。どうぞ教室に向かってください。今、高橋さまがいらしたことを吉田先生にお伝えしますね」

　言いながら、手元にある電話の受話器を取って内線の番号を押した。

「ありがとうございます、行ってきます！」

「頑張ってくださいね～」

笑顔で生徒を見送る。

『はい、吉田です』

教室にいる講師に繋がったので、生徒が到着したことを伝え、内線を切った。パソコンの画面をチェックしながら小百合は思う。

（あぁ、赤ちゃんや小さい子どもを連れたママたちに会いたい。今日は土曜日だから、小学生以上の生徒さんと大人が主要な教室だ。もちろん大きな生徒さんもありがたいし、どんどん来てほしいんだけどね）

平日の午前と、午後の早い時間は幼児を連れたママたちで賑《にぎ》わうため、子ども好きな小百合にとって至福の時間だった。

可愛い子どもとお母さんの組み合わせを見ていると、イヤなことなどすべて忘れて、ほのぼのした気持ちになれる。

大きなショッピングモールの一角にある楽器店に併設された音楽教室。小百合はそこの音楽教室の受付と事務、そして親子で楽しめる音楽教室の講師をしていた。

ピアノを得意としていたので音大に進んだのだが、幼児向けの音楽教育に触れる機会があり、そこで子どもの可愛さに目覚めてしまったのだ。

……赤ちゃんは可愛い。子どもたちも可愛すぎる。ママとセットだと、なお素晴らしく可愛い。

大学卒業後に保育士になることも考えたが、音楽教室に募集があると知り飛びついた。新卒で入ってから今まで楽しく働き、早六年目。まだまだ続けたいと思っている。

午後四時過ぎに、小百合は退社した。身支度に時間がかかり、結局、待ち合わせにギリギリの時間となってしまった。

街はクリスマスイブの賑《にぎ》わいだ。そこかしこからクリスマスソングが聞こえ、イルミネーションが美しく煌《きら》めき、行き交う人々を笑顔にさせている。フラれてから間もない小百合も、今夜は冬の寒さを感じないほどに心が弾んでいた。

（理生のおかげで寂しく過ごさなくて済んだから？　街の雰囲気が心から楽しく感じられる。彼に感謝しないとね）

待ち合わせ場所のコーヒーショップへ向かうと、小百合から連絡を受けた理生が店の前に立っていた。

こちらに気づいた彼が手を振る。周りの女性たちが、一斉に小百合のほうを見た。こんなイケメンと待ち合わせているのはどんな人なのかと、興味があるのだろう。

慣れっことはいえ、視線が痛い。

「お待たせ。ごめん、遅れちゃったね」

「いや少しだけだろ、大丈夫だよ。予約入れてあるから行こうぜ」

爽《さわ》やかな笑顔で答える理生は、すぐにその場を離れようと歩き出す。彼についていきながら、小百合は質問した。

「わざわざ銀座に来て、何の買い物するの？」

尋ねた瞬間、理生が立ち止まり、小百合を見下ろした。

「天然か？　婚約指輪を買いに行くんだろ？」

「は、え？　ちょっ、は？」

「急ごう。ほら」

小百合の手を理生が掴《つか》む。大きな温かい手に包まれて、心臓が大きな音を立てた。

「あ、あの……」

「何だよ？」

戸惑《とまど》う小百合の反応がおかしなものであるかのように、彼は首をかしげる。

「べ、別に」

先日、肩を抱かれた時と同じく、小百合は何でもないという顔をしてしまった。

(今さらどんな顔をしたらいいわけ？　ずっと友だちだったのに、この接近の仕方は何なの？　ていうか、婚約指輪？)

ぐいぐいと理生に引っ張られて、ジュエリーショップへ半《なか》ば強引に連れていかれる。

「このお店なの？」

「お気に召さない？」

「お気に召すも何も、こんなすごいブランドの指輪なんてダメよ。……いや、そうじゃなくて婚約指輪なんて本気で言ってるの？」

有名人御用達《ごようたし》のブランドだ。女性誌やネットなどでも憧れの店として常に話題になっている。

「本気に決まってるだろ。俺たちは結婚する。だから婚約指輪を買いに来た。お前こそ、今さらどういうつもりだよ」

入り口でひとり焦《あせ》る小百合に、理生が真面目な顔で言った。

「ええと、まさか理生が本気だとは思わなくて」

「いいから入るぞ。予約の時間、一分過ぎた」

「うっ……わかった。迷惑になっちゃうものね」

「そういうこと」

これ以上ここで立ち止まっていれば、お店に迷惑がかかる。仕方なく小百合は理生と共に店内に入った。

ただならぬラグジュアリーな空間に小百合はいたたまれなくなる。

個室に通され、カタログを見始めるとふたりきりになったので、小百合はささっと指輪を指定した。とにかく一番安いものをと考えたのだが、理生に却下される。

「何でろくに見もせず決めるんだよ。遠慮して安いもの選んでるだろ？」

「いやあの、これで十分すぎるってば」

一番安くても、小百合のような一般人にとっては手が届かない値段だ。

「ダメ。俺の立場も考えてくれ」

「……じゃあ、理生が選んでよ」

ぼそりと言ったところで男性スタッフが入ってきて、温かな飲み物を用意する。

「すみません、お願いしたいんですが」

「お決まりでしょうか？」

理生が声をかけると、男性はにこやかに答えた。

「値段が表示されていないカタログはありますか？」

「かしこまりました。少々お待ちくださいませ」

ハッとした顔に変わった男性はお辞儀をし、すぐさま部屋を出た。

「えっ、ちょっと、何それ」

「値段が見えなければ気にせず選べるだろ？」

「余計に選べないわよ……！」

「いいから、選んで」

揉《も》めている間に店員が戻ってくる。先ほど見ていたものよりも大きなタブレットにジュエリーが表示された。もちろん値段は……ない。

「後悔しても知らないからね？」

「俺を見くびってもらっちゃ困るな」

ふふん、と笑った理生が、小百合の手をぎゅっと握った。思わず体がビクンとなり、顔が一気に火照《ほて》る。

(何考えてるのよ。と言っても、ここに来るカップルはラブラブなんだから拒否するのも変か……。さっきも手を繋いでたけど、理生の温《ぬく》もりが直《じか》に伝わることが、こんなにも恥ずかしいだなんて……。ああ〜どういう顔したらいいんだろう。この前、肩を抱かれた時からそればっかり……!)

混乱する状況の中、どうにか指輪を選び終えた。

もつ焼き屋の店に移動しても、小百合は少ししか食べられず、頭の中は今後のことでいっぱいだ。

そんな小百合の思いなどつゆ知らず、理生は呑気《のんき》な発言を重ねていく。

「年末年始、お互いの実家に挨拶《あいさつ》に行こう。どっちを先にする?」

「あの、本当に本気の、本気なのよね?」

「往生際《おうじょうぎわ》が悪いなぁ。やめたいなら、納得できる明確な理由を教えてくれよ」

指摘されて考えるものの、断る理由が思い浮かばない。条件が良すぎるのだ。

考えてもみなかった相手だが、灯台下暗《とうだいもとくら》しとはこういうことだろう。

「……特にありません」

理生は完璧に小百合の条件にマッチしているのだから、こう答えるしかなかった。

「だよな? じゃあ次は式場の予約。俺はよくわからないから、小百合の好きな会場にしていいよ。誰を呼ぶかなぁ……。こういう時、お互いの友人が共通なのは便利だな」

「そうだけど……」

「小百合」

隣に座る彼がこちらに向き直り、小百合を真っ直ぐ見つめる。

「な、何？」

ドキリとさせられながら、小百合は返事をした。

「どうせならこの結婚、楽しもうぜ。小百合にとって結婚は、恋だの愛だのは関係ないんだろ？俺といてラクだという利点を目いっぱい利用すればいいよ」

優しく微笑《ほほえ》む理生の表情を見て、胸が痛くなる。

長年の付き合いから、理生が嘘を吐《つ》かない人間だとは知っていた。彼は小百合のために本気で「利用しろ」と言ってくれているのだ。

小百合も背筋を伸ばし、彼のほうへ姿勢を正す。

「理生も私のことを利用してね。私、理生には友人として、心から幸せになってほしかったのよ。理生が私との結婚によって人生にいろいろと都合がいいのなら、どんどん利用してほしい。それで理生が幸せになるなら、私も嬉しいから」

「……ありがとう。俺も、小百合には幸せになってほしいよ。誰よりも、そう思ってる」

理生の表情が曇《くも》ったような気がしたが、それは一瞬だった。

とにかく、突然のことではあるが、彼との結婚が現実的になったのだ。

理生の心意気を見せられた小百合は、自分も腹をくくって頭を下げる。

「これから、よろしくお願いします」

「こちらこそ、よろしく」

お互いハイボールのグラスを掲《かか》げて、数回目の乾杯をした。

飲んだ割にまったく酔えなかった小百合は、マンションの部屋に戻ってすぐにシャワーを浴びた。

(子どもがたくさん欲しいという私の願望も、これで安泰か……)

ふと、当然のことに気づいて声を上げる。

「――の前に、子づくりよね!?」

結婚して子どもを授かるには、つくらなければならない。理生との「それ」を想像することなど思いも寄らないほど、幼馴染《おさななじみ》という関係に慣れきっていた。

「理生と子づくりなんて、できるのかな私」

ちょっと想像するだけで、恥ずかしさに顔が熱くなる。

自分の体を見つめたが、あれこれ考えると前に進めなくなりそうなので、ひとまず洗うことに専念した。

◆ ◆ ◆

寺島理生、二十八歳。今日は人生最大の幸せな日である。

三月下旬の日曜日。東京《とうきょう》では桜が満開を迎え、柔らかな日差しが春を告げていた。

チャペルでの挙式を無事に済ませた理生と小百合は、披露宴前に式場の中庭で写真撮影をしている。ここも桜が咲き、美しく手入れをされた緑の間から可愛らしい春の花々が顔を覗かせていた。

カメラマンの声がかかる中、幸せなポーズで写真を撮る。桜の下での撮影を終え、ベンチへ移動する際に理生はふと、我に返った。

(マジで小百合と結婚できたんだな、俺。これって本当に夢じゃないよな?)

理生は自分の頬をつねってみる。古典的な確認方法である。

「いでっ!」

「どうしたの?」

純白のドレスに身を包んだ小百合が、心配そうにこちらを見上げた。

「い、いや別に……」

「ほっぺ赤くなってるよ? ちょっと見せて」

小百合が理生の頬に手を伸ばす。

何と美しい花嫁だろう。

彼女の体に沿ったラインのドレスは裾《すそ》が綺麗に広がり、背中が大きく開《あ》いている。マーメイドと呼ばれるウェディングドレスらしい。背が高く、細身の小百合を引き立てる素晴らしいデザインだ。

新芽の淡い緑の中で、小百合の姿が眩《まぶ》しく輝いている。あまりにも綺麗で、なかなか正視できないくらいだ。

その背中に触れたい、肩を抱きしめたいという欲望を抑えつつ、返事をした。

「何でもないって」

頬に触れてきた小百合の手を握り、カメラマンの指示に従って歩く。

「ちょっとそれ、虫さされじゃないよね？　かゆくない？」

まだ心配している彼女の声が可愛くて、繋いだ手を強く握った。

「違う違う、間違えてひっかいただけ」

「ならいいけど……、写真に残らないかな？」

「少し触っただけだから、すぐに治るよ」

苦笑した理生は小百合と共にベンチに座る。

（マジでつねりすぎたわ。いくら夢みたいだからって、バカすぎるな俺）

小百合と結婚できたことが夢のよう……

そう思ってしまうのは、理生がここ二年ほど彼女に片思いをしていたからだ。

幼馴染《おさななじみ》のふたりは、お互い気の合う友人として付き合ってきた。

それがいつの間にか、理生の中にだけ違う感情が生まれていたのだ。

小百合と話すのは気楽で、素の自分が出せる。食事も遊びに行くのも、メッセージアプリで他愛ない会話をするのも楽しい。小百合と出かけたい。小百合に会いたい。いつまでも一緒にいたい――。そこまで思った時、理生は小百合をひとりの女性として好きなのだと気づく。

自覚した瞬間、パニックに陥《おちい》りそうになった。

二十年も前から知っていて、恋愛感情など湧くはずがないと思い込んでいた相手に恋をしたのだから、自分の感情を持て余すのも無理はない。

それが今から二年前のこと。

当時、理生には恋人がいなかったが、小百合にはいた。婚活する前の彼氏だ。小百合と会うと、その彼氏との悩みやノロケなどを聞かされたが、理生は耐えた。小百合のためなら、どんな話も受け入れたい、少しでも彼女の悩みが和《やわ》らげばいい、と思い込むことにした。

心の内では嫉妬《しっと》にまみれ、ふたりを引き裂いてやりたいという悪意に満ちあふれていたが、そんな素振《そぶ》りは一切見せずに小百合と会った。時々、そんな奴とは別れればいいというアドバイスを交えながら——

実際、小百合が別れた時には「それで良かったんじゃないか」などと、素知らぬ顔で言った。小百合は「そうだよね……」と泣きそうな笑顔で答えた。

そして、弱っている彼女に迫るわけにはいかず、ただ遊びに連れていき、美味《おい》しい食事をするためだけに会うことにする。「俺にしておけよ」と言いそうになったことは数え切れないほどあったが、そのセリフは小百合の心の傷がすっかり良くなってから伝えようと決めていた。

そんなふうにグズグズしていると、小百合はいつの間にか婚活を始め、相手を見つけたと言うのだから、理生の血の気が引いたのは言うまでもない。

幸い、その相手とは上手《うま》くいかないだろうという予想が的中する。すぐさま理生は、このチャンスを逃すまいとプロポーズをしたのだ。

少々強引だったが、彼女もまんざらでもないように見えたので、結婚話をどんどん進めて今日《こんにち》に至ることができた。

互いの母親は自分たちが幼稚園の頃からのママ友であり今でも仲が良いため、この結婚には大賛成だ。また、父親同士も交流があり、そちらの反対もない。理生にとって環境も好都合なのだ。

理生の父は結婚相手は自分で決めろと前々から言っていて、小百合に告げた「親が結婚をせっついている」というのは、とっさに吐《つ》いた嘘だ。あのチャンスをどうしてもモノにしたかった。

(念願の小百合との結婚が叶った。縁結びの神社、マジで効くな。結婚式は教会だったけどそれは置いておいて、とにかく神様ありがとうございます!)

心の内の喜びのままに小百合を抱き上げ、お姫様抱っこをした。

「きゃっ……! び、びっくりした……!」

小さく叫んだ小百合の顔が間近にある。

「いいですね! どうぞ見つめ合ってください。新婦さまは、新郎さまの首にお手を回していただけると素敵ですよ!」

カメラマンに言われたとおり、彼女と視線を合わせた。恥ずかしそうに頬を染めた小百合が、おずおずと理生の首に手を回す。

ニヤリと笑いかけると、彼女は口を引き結んで羞恥《しゅうち》に耐えていた。

煽《あお》っているのかと誤解しそうな、小百合のそそる表情。反射的に疼《うず》きそうになるのを鎮《しず》めて、平静を保った。

「……恥ずかしすぎるんだけど」

小百合が蚊《か》の鳴くような声でつぶやく。

「楽しむんだろ？　この結婚を」

「そ、そうだったわね」

理生に言われて思い出したのか、彼女は慌てて笑みを作り、こちらを見つめる。

（小百合、綺麗だ……。今日から俺の妻、奥さん、家内、あと何だっけ……？　まぁいい。とにかく彼女と夫婦になった。仕事から帰れば、毎日家に小百合がいる。想像するだけで鼻血が出そうだ……）

カメラマンに写真を撮られながら、理生は心の中で悶《もだ》えていた。

（とはいえ、俺が片思いしているという事実は変わらない。小百合は『恋だの愛だのはもう面倒臭い』と言っていたんだ。だからまだ告白はできない。俺が好きだと伝えたら、すぐに逃げられてしまいそうだしな。それだけはイヤだ……！）

小百合を支える手に一層力が入る。

「ねえ」

「……」

「理生ったら、ねえ」

「あっ、何？」

怪訝《けげん》な顔をして小百合がこちらを見ている。理生の首に回されていた彼女の手は、とっくに外れていた。

「カメラマンさん、あっちに移動してって言ってるよ？　重いでしょ、下ろして」

「あ、ああ、うん。……いや、このまま移動するわ」

「へっ？」

戸惑《とまど》う小百合をよそに、理生はお姫様抱っこをしたまま歩き始めた。

「……離したくない」

「え？　何か言った？」

「いや、何も」

小百合を離したくない。絶対に逃したくない。

だが、いつかこの想いを知ってもらえる時は来るのだろうか……

（何を弱気になってるんだ。俺は小百合を幸せにする。そして、男として振り向いてもらえるように努力していく。プロポーズした日にそう決めたんだ）

次の撮影場所に移り、理生は日の当たる芝生《しばふ》に彼女をそっと下ろした。


「――お前らは、こうなると思ってたよ」

「俺は意外だったな。幼馴染《おさななじみ》と結婚って珍しいんじゃない？」

披露宴会場に招待した友人らが、着席する新郎新婦の周りを囲んだ。

小学生からの付き合いと、大学時代からの友人たちだ。どちらも理生と小百合の共通の友だちである。

「私はいいと思うよ～！　幼馴染《おさななじみ》と結婚なんて理想よね」

「おっ、じゃあ俺と結婚するか？　独身同士ちょうどいいじゃん」

「いや、マジで無理。彼氏いるし」

昔からの気の置けない友人同士、冗談もあけすけな物言いも笑い飛ばしている様子が相変わらずだ。

「それにしても、背の高いふたりが並んでると迫力あるよな。座ってるとわからないけど」

友人のひとりが言うのと同時に、小百合の表情が曇《くも》った。たぶん、一瞬のそれに気づいたのは理生だけだろう。なぜなら彼女がすぐに笑顔で言い返したからだ。

「でしょ？　変な人に絡《から》まれなくて済むから便利だよ」

「知らない奴が見たら一瞬ひるむよなぁ」

笑いながら友人が続けたが、いくら悪気がなくても小百合は気にしたに違いない。今の言葉のせいで心の内にモヤモヤが生まれたはずだ。少なくとも理生は今、モヤモヤしている。

「モデルみたいだろ？　羨《うらや》ましいなら素直にそう言えよ」

理生は小百合の肩を抱き、友人に向けて笑顔を見せた。表情は優しいが、語気の強さで理生の不愉快さを友人は感じ取ったようだ。

「あ、はい、羨《うらや》ましいです、すみません」

「バカねえ、最初からそう言えばいいのに。空気読めない発言しないの」

謝る友人を、小百合の親友である乾由香子《いぬいゆかこ》が肘《ひじ》で小突いた。由香子の言葉に周りからも同意が起き、雰囲気が良いほうへ変わったことに理生はホッとする。

「そういえば、小百合は結婚したらたくさん子どもが欲しいって言ってたよね？　もしかして今でもそうなの？」

「えっ、うん、まぁそうかな」

由香子の質問に小百合が答えると、「きゃー」とか、「うおお」などの声が上がった。

「何かもう、こっちが恥ずかしくなってきちゃうよ。仲が良くて羨《うらや》ましい！」

「理生、頑張れよ！　十人くらい、いってしまえ」

こちらは理生の親友、追分知久《おいわけともひさ》だ。

彼にバーンと背中を叩《たた》かれて、持っていたシャンパンを落としそうになる。知久の顔を見つめながら、理生は口角を上げた。

「当然だろ。つくりまくってやる」

再びみんなの悲鳴が上がったのでチラリと小百合の顔を見ると、彼女は真っ赤になってアワアワしていた。

（俺は本気で子どもをつくりまくろうと思ってはいるが……。今さら小百合がイヤがるなんてことはないよな？　子どもが欲しいってことで結婚したんだから、当然、俺とつくる気でいるんだよな？）

急な不安に襲われたが、友人らと冗談を言い合っているうちに薄れていく。

歓談メインの披露宴は友人や親戚ら、お互いの職場の上司や同僚を呼んでいた。

理生のほうは父の希望で、理生直属の上司と同僚だけだ。堅苦しい雰囲気にさせまいという父の気遣いだった。

一方で小百合は、楽器店の同僚と講師仲間を呼んでいる。

「八雲先生……じゃなかった、今日から寺島先生ですね。ご結婚おめでとうございます」

「ありがとうございます、吉田先生」

小百合に近づいた男性が彼女と挨拶《あいさつ》を交わしている。

「吉田先生」と呼ばれた男性は爽《さわ》やかな風貌《ふうぼう》のイケメンだ。妙に気にかかるので、理生もさりげなく吉田のほうを向く。

「先生のこと、僕は密かに狙ってたんですけどね～」

「お気遣い、痛み入ります」

小百合がさらりと吉田の言葉を躱《かわ》す。理生は心の中で「いいぞ、小百合」とつぶやいた。

「お気遣いじゃなくて……まぁ、いいです。お祝いの席ですしね。余計なことを言うのはやめましょう」

苦笑した吉田が、チラリと理生を見る。微笑《ほほえ》んでいても目の奥は笑っていない。

「さすが八雲……じゃなくて、寺島先生が選んだ素敵な旦那さまですね。ギターに興味がおありでしたら、ぜひ僕のところへいらしてください」

「ギターを教えていらっしゃるんですか。ぜひそのうち、お願いします」

理生は余裕の笑みを吉田に返して、牽制《けんせい》した。

こいつは危ない。小百合に近づけてはダメだと本能が警鐘《けいしょう》を鳴らす。

では、と去っていく吉田の背中を見ながら、理生は小百合に耳打ちした。

「すっげぇイケメンの先生じゃん」

「女性に一番人気の講師なのよ。結構有名なバンドのライブツアーに参加したり、自分の動画サイトの登録者も十万人以上いるみたい。もちろんギターの腕前も抜群」

「……ふうん」

「理生、ギター習いたいの？」

人の気も知らないで、小百合はトンチンカンな質問をしてきた。首をかしげる仕草が可愛すぎて困る。

「……別に」

「別にって、変な答え」

「まぁまぁ興味あるから習うかもしれないし、習わないかもしれないってこと」

「じゃあ、その気になったら言ってね。私が紹介するから」

「ああ、頼むよ」

小百合は理生がギターを習うなんて意外、などと呑気《のんき》に笑っていた。

ギターなんぞ一ミリも興味はないが、彼女に近い男は気にかかる。

(小百合の様子からして心配はなさそうだが……。ああいう、いかにもチャラいモテ男は警戒したほうがいい)

理生は小百合に気づかれないよう小さく息を吐いて、気持ちを落ち着かせた。

披露宴後、みんなで写真を撮り、親戚や両親たちと挨拶《あいさつ》をし、友人たちと語り合う。二次会は行わないので、その場で解散となった。

理生と小百合は着替えをしたあと、宿泊先のホテルへ移動する。両親や親戚は都内在住のため、友人らと同じく帰宅した。

ホテルのロビーで軽食をとり、少し休んでから部屋に入る。理生の希望したスイートルームだ。

「綺麗ね～！　東京の夜景が一望できる……！」

部屋について早々、窓辺に駆け寄った小百合が感嘆の声を上げた。だいぶ日が延びたとはいえ、まだ春先だ。空はすっかり夜の群青《ぐんじょう》に変わり、ビル群やタワーなどの明かりが街を煌《きら》めかせていた。

「気に入った？」

「こんなに素敵なところ、気に入らない人なんているの？」

無邪気な笑顔で小百合が振り向く。

「それなら嬉しいよ」

このまま抱きしめたい衝動に駆られながら、理生は笑顔でうなずいた。

「慣れないヒール履いたから、ふくらはぎがパンパン」

「風呂のお湯、溜めてくる。先に入って足を癒《い》やせばいい」

「ありがとう。寝る前に足にジェルシート貼ろうっと」

「持ってきたのか？」

「ジェルシートは私だけなんだけど、理生用に背中とか腰の湿布を持ってきたよ。疲れたでしょう？」

ソファに座った小百合がバッグをゴソゴソと探り始めた。心配性な彼女らしいのだが、思わずため息が出る。

「お前なぁ……、俺のことどれだけオッサンだと思ってんだよ、同い年だろ」

「あはは、ごめん、ごめん。必要な時はあげるから言ってね」

「ハイハイ、ありがとうな」

背中に湿布を貼って初夜を過ごすのかよ、と心の内で呆《あき》れながら、理生はバスルームに向かった。

バスタブの横には窓があり、ここからも夜景が見える。大画面のテレビもついていた。

理生はバスタブに溜まっていく湯を見つめながら、悶々《もんもん》と考える。

（あいつまさか、ああ疲れたおやすみなさい～って、そのまま寝る気じゃないだろうな？）

友人らに子どもの人数について聞かれた時、小百合の顔は赤くなっていた。その様子から、今夜について期待していたのだが……

（いや、有り得る。この二年間、俺の気持ちにまったく気づかないほどの鈍感さだったんだ。小百合は男女の機微《きび》に疎《うと》すぎる。俺がヤル気に満ちているのもわかっていなそうだ。ということは、もしかしてすでに寝てるかもしれない!?）

理生はバスルームを飛び出し、リビングに駆け足で戻る。

「どうしたの？」

「べ、別に」

小百合はソファに座っており、焦《あせ》る理生を見つめた。

「急ぎの仕事でも思い出した？」

「ああ、そう、そうなんだよ」

「大変よね。あ、お風呂のお湯、ありがとう」

「……どういたしまして」

返事をした手前、見たくもないノートパソコンをひらくハメになる。仕方なく、小百合がお風呂に入っている間、新商品開発についての資料を確認した。

理生は父が経営する「テラシマ・ベイビー株式会社」の営業部で働いている。いずれ会社を継ぐ彼は営業だけではなく、全体について把握をしていなければならない。数年以内に、父を補佐する立場になりそうなのだ。

この時代、いつ経営が傾いてもおかしくはない。二代目などという甘えに乗っかっていてはすぐに足元をすくわれる。

そんなふうに常に気を張っている理生にとって、唯一の癒《い》やしが小百合だったのは言うまでもなかった。

しばらく仕事をしていると小百合が部屋に戻ってくる。

「お先に、ありがとう」

「ああ、じゃあ俺も入ってくる」

「ごゆっくり」

ニコッと微笑《ほほえ》んだ小百合の体から、ボディソープの香りが漂《ただよ》う。瞬間的に本能が頭をもたげたが、ここで焦《あせ》る必要はない。時間はたっぷりあるのだ。

バスルームに入り、湯船に浸《つ》かる。彼女が使ったお湯……などと、中学生じみた妄想をして興奮している場合ではない。

(このあとどう攻めようか。あの様子じゃ強引に迫らないと、いつまで経っても小百合がその気にならなそうだ。でもそれで嫌われたら、生きていけない)

湯の中で真剣に考える。心の内だけでは留まらず、いつの間にかぶつぶつとひとりごとを言っていた。

「強引に迫ってから、うんと優しいモードでいこう。しかし今さら照れるな、そういうのも」

しかし照れていたら前には進めない。

今夜、必ず小百合を抱く。

理生は手をグッと握りしめ、窓から見える夜景に誓った。

◇　◇　◇

バスローブを羽織《はお》って出てきた理生を、小百合は正視できなかった。

(私もバスローブを着てるけど、この雰囲気はいかにも『これからやることやります』って感じよ

ね。……ドキドキしてきた）

「何か飲んでる？」

尋ねられて顔を上げると、髪が濡れて妙に色っぽい理生がソファに座る小百合を見下ろしていた。

「えっ、あ……、お水飲んでるよ」

「シャンパン開《あ》けようぜ」

「ちょっ、高いんじゃないの？　このお部屋だって――」

「これはサービスのシャンパンだから大丈夫。今日一日、お疲れさまってことで乾杯しよう」

明るく笑った理生が、テーブルの上で冷やされているシャンパンを手にした。栓を抜く手際の良さが様《さま》になっている。

ふたりはシャンパングラスで乾杯をした。

「ん、美味《おい》しいね……！」

「美味《うま》いな」

ふう、と息を吐いた理生がソファに背を預けてくつろぐ。

バスローブだけだと、彼のスタイルの良さが如実《にょじつ》にわかる。小百合はこのあとのことをまた考え始めた。

（……いやいや、結婚式当日は『疲れてるからしない』カップルが大半だって話だし、私たちもそうに決まってるわよ、きっと）

そう思って、心も体も準備はできていない。新居に帰ってゆっくりしてから初夜……というのが小百合の認識だ。

シャンパンを飲みつつ、挙式や披露宴についてしゃべり出す。小百合は理生に伝えなければいけないことがあった。

「理生、さっきはありがとう」

「ん？　何が？」

「披露宴でみんながそばに来た時、理生はそんなつもりなかったかもしれないけど、庇《かば》ってくれたでしょ？　私たちが並ぶと迫力があるって言われて、ちょっとイヤだったの。だから理生の言葉に救われた」

ヒールを履いたせいで余計に大きく見えたのは仕方がない。そう思いつつ、傷ついた小百合の心は、とっさに繋いでくれた理生の言葉により、軽傷で済んだのだ。

「ああ、あいつな。縁切ってやろうかと思った」

「悪気はないのよ。私が身長を気にしてるなんて知らないんだろうし」

笑って見せたが、理生は不快感をあらわにしている。優しい彼のことだから、小百合の気持ちを慮《おもんぱか》ってくれているのだろう。

「悪気がないのが、一番タチが悪い」

「ありがと」

小百合は苦笑してシャンパンをもうひとくち飲んだ。柔らかな炭酸と果実の甘みを味わう。

「理生って優しいよね。いつも助けられちゃってる。でも、私には気を遣わなくていいからね」

「私にはって？」

「理生はみんなに優しいでしょ？　誰にでも優しくできるって素晴らしいことだし、尊敬してる。でもいつもそれじゃ疲れるだろうから、私にはそんなに優しくしなくていいってこと」

これからふたりの生活が始まるのだから余計な気遣いは無用、という意味だったのだが、理生があからさまに不満げな表情をした。

「誰にでも優しいわけじゃないんだけど？」

「そうなの？」

「……ったく、何にもわかってないんだな、マジで」

「ごめん、怒った？」

「怒ってないよ」

「……本当に？」

疑いの視線を向けると、理生はため息をついて答えた。

「うんまぁ、少し怒ってる。小百合の鈍さに」

「え？　鈍い？」

今の話に鈍さが関係していたのだろうか？　というか、自分の何が鈍いのかもわからない。

ただ不快な思いをさせてしまったのが申し訳なくて謝ろうとすると、理生が続けた。

「まさかこのまま、おやすみ〜って眠るわけじゃないよな？」

おもむろに立ち上がった理生が、小百合の手を掴《つか》んで歩き出す。

「り、理生？」

「子どもつくるんだろ？　だったら早速始めないと。新婚初夜なんだし」

寝室に入った彼は、小百合をベッドに座らせる。

「ええと、疲れてないの？」

迫ってくる視線を見上げながら、小百合は焦《あせ》った。

「全っ然。むしろ覚醒《かくせい》してるくらいだ」

「疲れすぎて逆に目が冴えちゃう、みたいな？」

男女の関係に至りそうな雰囲気をごまかすために茶化したのだが——

「小百合、黙って」

「っ！」

唇に指を当てられる。理生の目は笑っていない。

「俺が初めてってわけじゃないんだろ？　そう硬くなるなよ」

「わ、わかってるわよ」

「じゃあ目、つぶって」

突然、その時が来てしまった。明日、新居に戻ってからだと思っていたのに。

理生がすっかりその気になっていたとは意外だ。

「……うん」

小百合は観念して目を閉じる。

子どもが欲しいのだから理生とこうなることはわかっていた。なのに、「観念」はおかしいだろう。……などと、自分に突っ込んでいる最中に、とん、と体を押され、ベッドの上に仰向けになる。

「あっ」

「小百合……」

驚いてまぶたを開《あ》けると、目を伏せた理生の端整な顔が、すぐそばにあった。

あっという間に唇が重なる。

長い間、友人だった彼とのキスは妙に恥ずかしくて、目を開《あ》けたまま小百合は固まった。

そんな小百合には気づかず、理生が優しく何度も唇を合わせてくる。眉根を寄せて目をつぶる彼の表情は色っぽくて、下腹がきゅんとした。

「……ん？」

その時、パチッと理生が目を開《あ》け、小百合の視線に気づく。

「ちょっ、何見てるんだよ、もう～」

彼は顔を赤くしてこちらを睨《にら》んだ。

「恥ずかしいだろ……」

「ご、ごめんなさい。だって……」

「だって、何？」

「理生の顔がなんか良くって、つい見つめちゃったの。いつもと雰囲気が違って……」

小百合は目を泳がせながら彼の表情について説明した。

「ふうん。クるものがあったとか？」

「……あった、かな」

「それならいい」

ふっと笑った理生が再び顔を近づけてくる。

「今度は見るなよ？」

「……はい」

念を押されて、小百合は目を閉じた。

どうしてこんなにもドキドキするのだろう。彼に結婚の話をされたあたりからずっと、変な感じだ。ちょっとしたことにいちいち心臓が騒ぐ。

再び重なった唇が深く押しつけられた。薄く開《あ》いた唇から理生の舌が入り込む。小百合の舌と何度も絡《から》まり、口中をねっとりと舐《な》め回《まわ》された。

「んっ、ん……ぁ」

息苦しくなって唇を離すと、彼の両手で頬を押さえられる。

「もっとしたい。口開《あ》けて、小百合」

「え、んっ、んーっ」

さらに深く繋がり、まるで理生に食べられてしまいそうで怖い。

彼の意外な激しさを初めて知った。女性に対してはそうなんだろうか。過去の恋人とも……？

そう思った途端、胸がぎゅっと苦しくなる。

（何で……胸が痛くなったの、今）

何かに気づきそうになったが、理生の勢いに思考が呑み込まれてしまう。もつれ合ううちにバスローブを脱がされた。

「あ、恥ずかしい」

「俺も」

クスッと笑った理生は、自分のバスローブも脱いだ。小百合は下着をつけていたが、彼は何も身につけていない。一瞬、目を開《あ》けた小百合はすぐに再びつむった。

（み、見てしまった、理生のアレ……。思ったよりずっと大きいんだけど、どうしよう）

どうもこうもないのだが、挿入する時を想像してためらいが生まれる。

「大丈夫だよ、優しくするから」

「っ！」

顔に不安が出ていたらしく、耳元で理生がささやいた。途端にゾクッと体中が疼《うず》く。

理生の声に、唇に、舌に、そして熱に……小百合は感じている。

幼馴染《おさななじみ》で長い間、友人関係の彼だから体が反応しないかも、などと思っていた自分は愚《おろ》かだ。

むしろ知らなかった理生を知るたびに、体も心も敏感になっていく。

（心も？　嘘でしょ？　今回の結婚はお互いの利のためだったはず。なのにどうしたんだろう、私ってば）

彼の肌が小百合の肌に重なった。

「あ……っ」

その温《ぬく》もりに思わず声が漏れ出てしまう。

ブラが外され、ショーツも脱がされた。理生の長い指が小百合の体を這《は》っていく。彼の言葉どおり、それはとても優しかった。その優しさが理生の心を表しているようで、何とも言えない気持ちになる。

（今までセックスした中で一番恥ずかしいよ……）

肌に触れられながら、普段の理生が脳裏《のうり》に浮かぶ。

ノリが良くて優しくて、何でも話を聞いてくれる、気の置けない友人のひとり。その彼の、こういった姿を知ることにすら羞恥《しゅうち》を感じる。

「……小百合」

（そういえば幼稚園の頃、縄跳びができないって泣いたから、私が教えてあげたっけ。あの理生がすっかり大人の男性になって、こんな——）

「小百合、どうした？」

「えっ？」

頭の中でぐるぐる考えていた小百合は、そこでまぶたを上げた。

「いや、ずっと固く目を閉じてるから、イヤなのかと思って……」

「ち、違うの！　むしろとてもいいんだけど、恥ずかしくて、あっ」

思わず口から出た言葉に、かぁっと顔中が熱くなる。それを見逃さなかった理生が、意地悪く笑った。

「へえ、『とてもいい』んだ？　それなら安心《あんしん》した」

「あっ！」

胸の先端に触れられて、電気が走ったように小百合の体はビクンと跳ねる。そこにキスを落とされた。

「んっ、ぁあ……」

熱を帯《お》びた唇の感触に体が震える。

「これもいいの？」

「……ん、いい」

こくんとうなずいて彼の顔を見る。視線が合った理生が微笑《ほほえ》んだ。

「え……」

「素直で可愛いな」

頬が熱くなると同時に、胸がきゅんっと痛くなる。すぐに、赤く熟《う》れた乳首をちゅうっと吸い上げられた。

「んん……っ！」

もう片方は指で弄《いじ》られ、吸われたほうは執拗《しつよう》に舐《な》められ続《つづ》けている。足の間が疼《うず》き、そこはもうだいぶ濡れているのがわかった。

「小百合、俺のも触って」

「うん……」

彼の手に導かれてそっと触れる。

硬く、熱いモノを握り、ゆっくり上下に動かした。先端が濡れている。

(大きいし、すごい反《そ》り返《かえ》ってる。どうしよう、もう欲しくなってきちゃった……。こんなの挿《い》れられたら、私……)

セックス自体が久しぶりなのだ。

婚活で知り合った男性とはキスすらしないで終わっている。その前に付き合っていた男性は、小柄で可愛らしい女性と浮気していたので、そもそも小百合とはそれほどシていない。

「これで、いい……?」

「ああ、いいよ……。根元も……あ」

言われたとおりに屹立《きつりつ》をしごくと、理生が熱い息を吐いた。何だか可愛くて、小百合も意地悪を言ってみたくなる。

「理生だって素直で可愛いじゃない」

「なっ、……言ったな?」

恍惚《こうこつ》の表情から醒《さ》めた彼が、眉根を寄せた。まずいと思った瞬間、足を大きくひらかされる。

「理生、ちょっと待っ——」

「待たない。俺は可愛くなんてないからな」

不意に太ももの内側にふわっとした柔らかなものが当たる。顔を起こすと、それは理生の髪だった。何も身につけていない無防備な小百合のそこに、彼が唇を強く押し当てている。

「あっ！　やぁっ、んっ」

今日一番の羞恥《しゅうち》に襲われた小百合は、本気で気を失いそうだった。濡れているそこを見られるのはイヤなのに、体は理生の唇と舌を悦《よろこ》んでいる。

その時、淫靡《いんび》な動きをしている彼の唇が、一番敏感な突起を捉《とら》えた。

「んっ、ダメッ」

ビクンと腰を浮かすと、逃がすまいと理生の唇が吸いつく。彼の舌でそれを転がされ、下腹の奥から快感がせり上がってきた。

「もっ、ほんとに、ダメ、んんっ！　あうっ！」

彼の頭を押しのけようとしたのに、粒を舐《な》められながら指をぐっと挿《い》れられる。ぐちゅんという音が耳に届いた。

「んぁっ！」

ぐいぐいと押される下腹から強い快感の波が訪れ、目の前が何も見えなくなった。

「ちょっ、ダメほんとに！　……イッちゃ、あっ、あ〜〜っ……っ！」

理生の指の動きと連動して、あっという間に絶頂へ達する。足の先までピクピクと痙攣《けいれん》しながら、小百合は快感を貪《むさぼ》った。

「初めて見た、そんな顔」

放心状態でいる小百合を見下ろす理生が、興奮気味な表情で言う。

「……あ、当たり前、でしょ……、見せたことなんて、ないんだから……」

小百合はうつろな視線を理生に投げる。ぐったりした体は彼に預けたままだ。

「理生……上手《うま》、すぎ……」

「褒《ほ》めてくれてありがとうな。上手《うま》いとは思わないけど、小百合が感じてくれてるなら嬉しいよ」

彼は体を少し起こして小百合の手を自身に触れさせせる。硬いままのそれは熱く滾《たぎ》っていた。

「俺、もう我慢できないんだけど、挿《い》れていい？」

「……うん」

「今すぐ子どもが欲しいならゴムは着けない。どうする？」

近づいた彼の瞳に小百合の顔が映っている。小百合を捉《とら》えて放《はな》さない、強い瞳の色だ。

「俺はすぐにできてもいいと思ってる。ただ、小百合の体のことだから勝手に中に出すことはできない」

理生らしい言葉だと思った。

本能ではすぐにでも挿入して吐き出したいだろうに、小百合の気持ちを尊重してくれている。けれど、と小百合は口をひらいた。

「ここで私が拒否したら……、この結婚の意味がなくなるよね」

「まぁ、そうだよな」

彼が視線を逸《そ》らし、口を引き結ぶ。

「ありがと、理生。私の気持ちを気遣ってくれて。私、そういう理生が――」

そこまで言ってハッとした。

(私、何て言おうとしたの、今?)

そういう理生が……好き?

いや、理生のことは友人として好きだ。それは昔からずっと当たり前のこと。なのに、今言おうとした「好き」は違うもののような気がして、困惑する。

「ん?」

「えっと、あの! だから私、優しい理生の遺伝子を継いだ子ども、欲しいから! 出して!」

「お、おう。そんなにデカい声で言わなくても聞こえてるし」

理生は驚きつつ、体勢を立て直して真面目な声で続けた。

「じゃあ、中で出す。俺のを……、いいな?」

「うん。……ちょうだい」

こくんとうなずくと、彼の瞳の奥の欲望が増したのを感じた。小百合の心も体も、その行為に対して期待したのか、疼《うず》いている。

再び長くキスをし、奥の熱が昂《たか》ぶりの頂《いただき》に到達した頃、理生のモノが遠慮がちに小百合のナカへ挿入《はい》ってきた。

「小百合……」

「んっ……、理生、遠慮しないで……もっとして、いいから」

まだ我慢しているかもしれない理生に伝えた途端、ググッと一気に奥まで貫《つらぬ》かれる。衝撃が走り、声が口から飛び出した。

「あうっ！　ちょっ、あんっ、待っ、あぁっ」

「していいんだろ？　遠慮しないから、な……っ！」

そう言いながら、理生がさらに腰を激しく揺さぶってくる。

「あぁっ、あっ、あ……！」

ずんずんと突かれて、勝手に喘《あえ》ぎ声《ごえ》がこぼれ続ける。口を押さえようとした手を理生に掴《つか》まれた。

「抑えなくていい」

「恥ずかしい、からっ、あっ」

「もっと恥ずかしがって聞かせろよ、その声っ」

理生は腰を動かしながら、小百合の耳元で言った。いつもと違う彼の命令口調に体が反応してしまう。

「んんっ、あっ、ああ……っ！」

「クソッ、締まりすぎだ、小百合のナカ……！」

舌打ちした彼は、さらに腰を打ちつけながら顔を歪《ゆが》めていた。その表情が小百合の快感を煽《あお》り、もっともっと理生のモノが欲しくなる。彼の背中にしがみつきながら小百合は思った。

背の高い自分よりも、大きな体に包まれるのは、何と気持ちがいいのだろう……

「小百合、小百合、俺……っ」

「あ、あぁ……」

「俺……」

「え……な、に？」

悶《もだ》える理生の言葉に問いかけると、何かを言おうとした彼の唇に戸惑《とまど》いが見て取れた。

「あ……、いや、……出すぞ？」

「んっ、私もまた、イッちゃいそう、なの」

続きを聞きたかったのに、体の欲望が思考を鈍らせる。パンパンと腰を打ちつける音と、ぐちゅぐちゅとかき回される水音が淫猥《いんわい》な気持ちを駆り立て、その行為に夢中にならざるを得ない。

「最高じゃん……、何回でも、イケよ、小百合っ！」

「恥ずかし……、い、あっ！」

ぐぐっと奥まで突き上げられ、そこから一気に何かが迫《せま》ってきた。これ以上我慢するのは無理だと思った瞬間――

「あっ、ああっ、イっちゃ、んん～～っ！」

「俺も、小百合のナカに……っ！」

理生の額《ひたい》の汗が小百合の頬に滴《したた》り落ちるのと同時に、彼は熱い精液を吐き出した。達した繋がるそこが、甘い快感に打ち震える。

その後も彼は執拗《しつよう》に自分のモノを小百合のナカに擦《こす》りつけていた。そのたびに小さな絶頂が波打って止まらない。

最後の一滴まで理生に塗りつけられ、経験したことのない悦楽を受けた小百合は、しばらく彼の腕の中で体を動かすこともできずに放心していた。

翌日午後。ホテルからマンションに帰り、その後はほとんど何もせずに過ごした。というよりも、疲れ切っていて、ゆっくり過ごさざるを得なかった。

披露宴の夜に二回、朝起きて一回……理生に抱かれて、くたくただったのだ。

新婚生活が始まった今朝もまだ、全身が筋肉痛である。

「……はぁ。って、浸《ひた》ってる場合じゃなかった。掃除よ、掃除」

疲れてだるいのに掃除を続ける小百合は、ホテルでの情事ばかり思い出しては、ため息を吐《つ》いていた。

理生の指、唇、舌使い、小百合のナカを抉《えぐ》るように攻めてくる硬く熱いモノ……

何もかもが気持ち良くて、あんな経験は初めてだった。

「いっぱいナカに出されちゃったし……」

下腹に手を当てて思い返すと、じゅんとまた濡れてしまいそうになる。

「赤ちゃんできるまでこんな感じなのよね？　……どうしよう、理生とのセックスにハマっちゃいそう。もしかして私、淫乱《いんらん》なのかな？」

床拭きシートのワイパーを握り直し、廊下を進もうとしては立ち止まる、を繰り返していた。

（過去の恋人とはそんなふうに思ったことないから、違うと思うんだけど……。こんなに疲れてるのに、すぐまた理生とシたいだなんて、おかしくない？）

思い出してはひとり顔を熱くし、天井を仰《あお》いでみたり、地団駄を踏んだりと、怪しい動きをしているだけで、掃除が一向に進まない。

「はぁ〜〜〜、どうしよう、こんな気持ち初めてだよ〜〜！」

今朝も、仕事に行く理生の背中を見送りながら、彼の裸体を思い出していた。

引き締まった体が小百合の好みだ。背の高い自分を包み込んでくれる、大きな体が最高だった。

（これからずっと理生をイヤらしい目で見ちゃいそう。夫婦だからいいのかもしれないけど、でもダメよ。理生は別に私を好きで夫婦になったんじゃないんだから。そんな目で見るのは失礼じゃない？）

そこまで考えた時、小百合の胸がちくんと痛む。

（何で痛くなるの……？　そういえば昨日もこんなことがあったような……？）

当たり前のことしか考えていないはずだ。なのに、どこか心に引っかかるものがある。

「はっ、だから掃除だってば」

ワイパーを持ち直して、廊下の掃除を再開した。

ふたりが住む場所は、理生がひとり暮らしをしていたマンションだ。ここに小百合も引っ越してきた。２ＬＤＫだが、リビングが広く、トイレとバスルームのスペースにもゆとりがあるので、ふたりでも十分である。

「今までは週に二回お掃除の人が来てたらしいけど、物が少ないから掃除しやすいわね」

理生は会食で遅いので、小百合は夕飯用に惣菜《そうざい》を買ってくる予定。何を買おうと考えつつ、今夜は理生がいなくて良かったとも思う。

彼の顔を見た途端に、体が疼《うず》いてしまいそうだから――

ひととおりの家事を終えて昼食を済ませ、遅番の仕事に向かう。結婚式のあとということで、楽器店側が配慮してくれたのだ。

「早く子どもたちに会いたいな。今日は就学前の親子教室だ。楽しみ～！」

満開の桜の下を歩きながら、浮き立つ心で今日のレッスン内容を予習し、よこしまな心をどこかへ追いやった。


「――先日はありがとうございました」

職場に到着した小百合は、事務所の女性社員たちに声をかけた。

「こちらこそ呼んでいただいてありがとうございました。いい披露宴だったわね」

「ねえ、新婚旅行は行かないの？」

年配の女性に、にこやかに尋ねられる。

「え、ええ。夫の仕事が忙しいので……」

「時間ができたら、すぐに行っておいたほうがいいわよ？　一生の思い出になるから。知ってると思うけど、ここの社員もみんな有給取って新婚旅行に行ってるんだし、遠慮しちゃダメだからね？」

「はい、ありがとうございます」

返事をしつつ、そんな日は一生来ないだろうなと、小百合はぼんやり思う。

小百合と結婚をしたことで、理生は両親の望みを叶えられた。そして小百合が妊娠すれば、こちらの願いも叶うことになる。

（ということは、子どもをつくるための義務的なセックスなのよね？　それなのに私ったら夢中になったりして恥ずかしい。理生はきっと違うのに）

彼は新婚旅行がしたいとか、普通の夫婦のようにいちゃいちゃしたいとは思わないだろう。

（もちろんそれはわかってるし、私もそのつもりで結婚したんだもの。何も不満はナシ！）

小百合は更衣室で制服に着替え、講師をする教室に向かった。

世間は春休み中のため、子どもや学生向けの短期限定音楽教室がひらかれている。

最近はオンライン教室も増えているので、講師の数は必然的に多くなっていた。

小百合が受け持つレッスンが終わり、教室の受付に向かう。早番の社員と共に受付業務にあたるのだ。

廊下を歩いていると、ギター講師の吉田とばったり会った。

「吉田先生、こんにちは。お疲れさまです」

「お疲れさまです、八雲先生……じゃなくて、寺島先生ですね。何度もすみません」

苦笑しながら、吉田がぺこりと頭を下げる。

「いえいえ、私もまだ新しい名字には慣れてないので大丈夫ですよ。先日は披露宴に出席いただいて、ありがとうございました」

「こちらこそありがとうございました。新婚旅行は行かれないんですか？」

「え、ええ、夫の仕事が忙しいものですから」

吉田にまで聞かれるとは思わなかった。

「ご活躍されているんでしょうね。見た目もイケメンの旦那さまで驚きましたよ」

少々意地悪な笑顔に見えたのは気のせいだろうか。

吉田は小百合よりも数センチほど背が高く、髪は薄茶色。整った眉と大きな目が今風な顔は、女性受けするだろう。小百合の好みではないが、彼がモテるのはわかる。

そんな吉田の言葉にどう応えて良いかわからず、えへへと笑ってごまかした。

「夫に伝えておきますね。喜ぶと思います」

「そうかなぁ」

吉田が視線を逸《そ》らして、腰に手を当てる。

「え？」

「僕の言葉を伝えても、旦那さんは喜ばないと思いますよ」

「喜ばないって、どうしてですか？」

「披露宴で挨拶《あいさつ》した時に何となく感じたんです。僕みたいな男が、あなたと近しい場所にいるのはイヤなんだろうなと。だから僕がいくら彼のことを褒《ほ》めても、反応は悪いんじゃないかと」

「はぁ……」

どういう意味かわからず答えあぐねる小百合に、彼は微笑《ほほえ》んだ。

「試しに言ってみるといいですよ。たぶん機嫌が悪くなると思うので」

「機嫌が悪くなるとわかっているなら、言いたくないですよ……」

「そりゃそうですよね」

あははと吉田は笑い、「では失礼します」と、ギター講師の教室に行ってしまった。

「何なの、もう。あんな言い方されたら気になるじゃない」

小百合は口を尖《とが》らせ、受付に急いだ。


片づけと講師の記録を終わらせて、楽器店があるショッピングモールを出る。すでにあたりは真っ暗で、夜の八時を過ぎていた。大人向けやオンラインのレッスンはまだ続いている。

「お疲れさまでしたー」

「お疲れさまでーす、また明日」

駅前に着き、一緒に帰宅した小百合と同じピアノ講師と別れる。彼女は夕飯の買い物に寄っていくらしい。

「小百合」

歩き出した時、背中をぽんと叩《たた》かれた。振り向くと、今日一日、考え続けていた人がそこにいる。

「理生！」

「お疲れ」

スーツにスプリングコートを羽織《はお》っている会社帰りの理生が、小百合に微笑《ほほえ》んだ。いつもと変わらない、大人っぽい香りの彼のフレグランスが鼻をくすぐる。

「驚いた。どうしたの？」

「どうしたのって、迎えに来たんだよ」

「私を？」

「あのな……他に誰がいるんだよ。ていうか、スマホくらい見ろよな」

理生が呆《あき》れ顔《がお》でため息を吐《つ》いた。

「えっ、連絡くれてたの？　ごめん、気づいてなかった！　……あっ」

慌ててバッグの中を探ろうとした手を掴《つか》まれる。

「仕事が忙しかったんだから仕方がない。俺、今夜の会食が延期になったんだ。せっかくだから一緒にメシ食いに行こうと思って。どう？」

「う、うん、行きたい」

掴《つか》まれた手首が熱く感じて、またドキドキが止まらない。

「オッケー。行こう」

理生はそのまま小百合の手を取って歩き出す。

改札で一度離したが、ホームに上がる階段でまた手を繋いできた。電車に乗り込んでもそのままである。

「……あの」

「どうした？　疲れてる？」

「ううん、それは大丈夫」

「じゃあ腹が減ってるんだな？」

真面目な顔で尋ねてくるので、繋いでいる手のことはどうでも良くなってしまった。

「まぁ、そうだけど……。どこに食べに行くの？」

「マンションのふたつ手前の駅にある食事処。遅くなっても、そのまま一緒に帰れるから心配ないだろ？」

「結婚する前も遅くなる時は、理生が近くまで送ってくれたから怖くなかったけどね」

「紳士ですので」

視線を合わせてクスッと笑った時、ドドッと乗客の波に襲われる。ぎゅうっと体が押されたが、理生が庇《かば》うように引き寄せてくれたので、苦しくはない。

「大丈夫か？」

「うん、すごいわね」

「金曜日だもんな。もっとこっちおいで」

小百合の腰に回された理生の手に力が入る。

理生の肩が目の前にあり、彼の息遣いをすぐそばで感じた。

お互い、スプリングコートのボタンを外して前を開《あ》けているので、スーツ越しに彼の体温がほんのり伝わる。

(すごい密着の仕方。何だか、変な気分になっちゃう)

今夜はセックスするのだろうか、などと勝手に頭の中で話が進む。

理生の体温と香りと息遣いが体の奥を溶かしていく……。そんな感覚に、小百合はブレーキをかけた。

(ダメだってば。何を考えているのよ、公共の場で……！　ごはん、ごはん、夕ご飯は何を食べよう？　食事処ということは定食みたいなのが食べられるのよね？　遅い時間だし、お魚にしよっかな〜……。え？)

何かが下腹に当たっている、と気づいて思わず顔を上げる。大きくなった理生のモノだと理解するまで数秒もかからなかったが。

「ま、仕方ないよな、これだけくっついてれば。いろいろ思い出すし」

すまし顔の理生が小声でつぶやく。

「そ、そうよね」

「小百合もだろ？」

「っ！」

ささやかれて、ぶわっと顔が熱くなり、目が泳いでしまった。これでは理生の言うとおりだと答えているようなものではないか。

頭上から「ふっ」という彼の笑いが届く。

小百合は理生と密着しながらうつむき、到着駅までこの羞恥《しゅうち》に耐え続けた。

鰆《さわら》と大根の煮付け、空豆のオムレツ、かぶの豆乳すり流し、つやつやの土鍋ご飯がテーブルに並ぶ。お漬物は春キャベツと、からし菜漬《なづけ》の二種類が小鉢に盛られていた。

「美味《おい》しそう。いただきます」

春らしい献立を前に笑みがこぼれる。

「いただきます。たまには、こういうところもいいよな」

「お酒は抜きでね」

「そうそう」

理生も笑って箸《はし》をつけた。

こぢんまりとした、いい雰囲気の和食店だ。客席は一階から三階まであり、それぞれフロアの面積は狭いが、テーブルが広いので居心地がいい。ほど良い音楽が流れているおかげで気兼ねなくおしゃべりができた。

「本当に美味《おい》しいね。私もこの煮付け、お家で作ってみよう」

「俺のぶんもある？」

「当たり前でしょ。一緒に食べようよ」

「やった！」

理生はぐっと片手を握りしめて、嬉しそうに笑った。

結婚しても体の関係を持っても、以前と同じ、親しい友人の時と変わらない雰囲気にホッとする。

（そうよね。余計なことは考えずに、今までどおりのいい関係でいられればいいのよ、うん）

そう思いながら箸《はし》をつけたからし菜漬《なづけ》は、舌にぴりりと辛《から》かった。

職場の人に披露宴のお礼を言った話題になり、その流れで小百合は昼間の出来事を話す。

「そういえば、披露宴の時に挨拶《あいさつ》してくれた吉田先生って覚えてる？」

「もちろん、よーく覚えてるよ。イケメンギター先生だろ？　女子に一番人気の」

おどけた表情で理生が答える。

「理生、すごい顔で真似するのね」

「似てる？」

「似てないよ～」

おかしくて、小百合は思わず噴き出しながら答えた。

「で、その先生が何だって？」

「理生のことをイケメンな旦那さんだって褒《ほ》めてたよ」

「……あっそ。あの先生、披露宴の時にも似たようなこと俺に言ったじゃん」

途端にムスッとした理生は、お茶碗に盛られたご飯を口にかき入れる。

「本当だ」

「ん？」

「吉田先生が言ってたの。旦那さんが不機嫌になるから、僕がイケメンだと言ったことは伝えないほうがいいですよって」

「はぁ？　何だよそれ？」

さらにイラッとした顔をして、口をもぐもぐ動かした。不機嫌な理生の表情は昔から変わらず、ちょっと可愛い。

「何で怒るの？」

「……別に、怒ってないし」

むくれたままの彼は小百合のおかずに箸《はし》を向けて、大根を奪った。

「ちょっと、勝手に取らないでよ、もう」

「怒らせた小百合が悪い」

「やっぱり怒ってるんじゃん。子どもみたい。じゃあ……私もっ」

すかさず小百合も箸《はし》を伸ばし、理生の定食のおかずをつまむ。揚《あ》げ鶏《どり》のみぞれ和《あ》えだ。

「おまっ、それ最後に食おうと思ってたのに！」

「これでおあいこ。んっ、美味《おい》しい～！」

肉汁が口に広がり、小百合は満面の笑みになる。仕方なしといったふうに、理生が苦笑した。


地下鉄に乗り、ふた駅で降りた。マンションまでの道のりを並んで歩いていると、春の夜空に薄い雲が霞《かす》んで見える。

「一緒に帰るんだよねぇ……」

通り沿いに咲いている夜桜に視線を移し、小百合はしみじみとつぶやく。

「どうしたんだよ、当たり前のこと言って」

「さっき理生が言ってたでしょ？　遅くなっても一緒に帰れるから心配ないだろって」

「ああ」

「何だか不思議だなぁって。大学を卒業してひとり暮らしになってからは、お互いの部屋を行き来したことなんてなかったじゃない？　だから今は、こうして一緒の家に帰ることが、何かね」

時折吹く春の夜風は、まだ冷たい。肩を縮める小百合の肩を、理生がそっと抱いた。

「俺はあまり不思議には感じてないいな」

「そうなの？」

「何となく、俺はこうなる気がしてたから」

「ふうん……」

彼のスキンシップに、なかなか慣れることができない。

どういうつもりなのかと聞いて、「夫婦だから」と返されたら、それ以上何も言えなくなる。拒否するのもおかしいので、結局いつもそのままだ。

理生に触れられるのはイヤじゃない。むしろ好きなほうだと、最近気づいた。

「俺、明日から四国と九州に出張だから、留守頼んだよ」

「そうだったわね、わかった」

「小百合も仕事してるんだから、家事は最小限でいいからな。掃除の人、頼んじゃって」

「ありがとう」

うなずくのと同時に、理生の手が離れてしまった。

その肩が寂しいと言ったら、彼はどんな顔をするだろうか――

帰宅したあとはお風呂に入り、明日の朝が早い理生は、あっさりと先に眠る。

隣で彼の寝息を聞きながら、小百合は電車内でのことを思い出してしまい、なかなか寝つけずにいた。

◆ ◆ ◆

(小百合にもこれ、食べさせてやりたいな)

松山《まつやま》に出張に来た理生は、仕事終わりの会食の席で、ふと小百合のことを思い出していた。

(帰りにお土産《みやげ》買っていこう。小百合が好きなものは大体わかる。甘いのも喜ぶだろうから、あとで調べておくか……。いや、何か食べたがっていたものがあったような？)

新鮮な刺身を口にしながら頭をひねる。

以前、食事の席でチラッと話した気がするが、忘れた。

チョコレート？　フルーツケーキ？　アイスクリーム？　いや、洋菓子ではなかった。羊羹《ようかん》、もなか、まんじゅう、団子——

「あっ、みかん大福だ！」

思わず声を上げると、一緒に食事をしていた取引先の男性ふたりが、体をビクッとさせて驚く。

「あ、ははー……」

理生は苦笑いしながら、すみませんと会釈《えしゃく》した。

どうも小百合のこととなると、周りが見えなくなってしまう。仕事を終えたあとの食事とはいえ、これはいけない。

「みかん大福ならオススメの店がありますよ。お土産《みやげ》ですよね？」

「ええ、そうなんです。……妻に」

自分で口にしておきながら照れていると、「新婚ですもんねえ」と笑い声が上がった。

「奥様、きっと喜びます。みかんジュースも美味《おい》しいんですよ。どちらも宅配便で家に送れるんですが、ここの店が特にオススメで――」

親切に教えてもらった店に、九州に行く前に立ち寄ることにした。

会食を終えてホテルの部屋に戻った理生は、シャワーを浴びながらひとり叫ぶ。

「ああ、早くも小百合に会いたくなってきた！」

まだたったの一日なのに、声が聞きたい、顔が見たい、そばにいたい、という欲求があとからあとから止《と》め処《ど》なく湧いてくる。

二年も片思いをしていた頃は我慢できたのに、いざ一緒に暮らし始めた途端、これだ。自分の貪《どん》欲《よく》さに呆《あき》れる。目の前にいつも小百合がいるという幸福な状況が当たり前なのだと、心と体が訴えてくるのだから。

ガシガシと髪を洗って煩悩《ぼんのう》を払おうとするも虚《むな》しく、小百合の笑顔や恥じらった表情が、頭から離れない。

そういえば、と思い出す。

（あいつ、電車の中ではいい雰囲気だったのに、そのあとの食事ではすっかり元の友人気分に戻ってるの、バレバレだったからな。家に帰って普通に寝て、焦《じ》らしてみたっていうのに。今朝も普通にいってらっしゃいって見送るだけとかさぁ）

小百合にとっては気づきもしない焦《じ》らしだったのだろう。それがまた悔しい。

（セックスしても変わらない関係って……、俺、自信なくしそうだ。あのギター講師のことも気になるし）

寂しさが胸に広がる。だが落ち込んでいても仕方がない。

（俺は何もかも受け入れて小百合と結婚したんだ。これからいくらでも時間はある。少しずつでもいいから近づけるように、努力するんだろ？）

とはいえ、彼女の言うことを何でも聞くような、優しいだけの男にはなりたくなかった。かっこつけているだけの男もダメだ。じゃあどうすれば……

などとあれこれ考えながら体を洗っているうちに、ふと小百合の淫《みだ》らな姿を思い出してしまい、急激な興奮に襲われる。

（真剣に考えてる最中にこれだもんな。小百合に対して常にこういう気持ちでいるのは、どうかと思うが）

敏感に反応して膨らみ始めたソレに触れた。あっという間に硬くなり、欲望を吐き出したがっている。根元を掴《つか》み、上下に動かそうとしたところで、はたと手を止めた。

「いや、ちょっと待て。どうせなら小百合の声を聞きながら出したい。……よし」

大急ぎでシャワーを浴び終え、バスローブを羽織《はお》り、タオルでざっと髪を拭きながら、その場をあとにする。

部屋に戻った理生は、早速ベッドの上に座ってスマホを手にした。メッセージアプリから通話ボタンをタップする。

通話はすぐに繋がった。

「もしもし」

『もしもし？　理生？　どうしたの？』

小百合の声を聞いて、収まりかけていたモノが再び起き上がる。鎮《しず》まれ……と思いながら、会話を始めた。

「どう、元気？」

『もちろん元気だよ。今朝、会ってるでしょ？』

クスクスと笑い声がする。小百合が隣にいたら、すぐに押し倒してしまいたくなるくらいの可愛い声だ。

『お仕事は無事に終わったの？』

「ああ、会食も済んで部屋でゆっくりしてる。小百合は？」

『今日は普通の出勤だったから、六時には帰って、ご飯作って食べたよ。今ちょうどお風呂から上がったところ』

「ふーん、風呂上がりなんだ？」

ボディソープの香りをまとう、しっとりした白い彼女の肌を思い浮かべると、体中の血液と欲望が一ヶ所に集まっていく。

『理生もお風呂入った？』

「シャワー浴びた」

そろそろ限界かもしれない。理生はさりげなく、その方向へ会話を進める。

「俺、小百合と電車に乗った時から、めっちゃ欲求不満なんだ」

いや、全然さりげなくない。どストレートな言葉しか出てこなかった。

『へっ？』

「小百合も同じだと思ってたんだけど。違う？」

『えっ、ええと、急に何なの……』

理生の言葉を受けて、あたふたしているのが伝わってくる。小百合のこういう嘘を隠せないところが好きだ。

「あの時、小百合もそうだろって聞いたら、真っ赤になってたよな？」

『……だって、それは』

「あれだけ密着してたら、お互い感じまくってたことを思い出しても不思議じゃない」

『そ、そうだけど、でも』

ごにょごにょ言っている小百合に、理生は低い声でつぶやく。

「俺だけが不満だったのか。じゃあ付き合ってよ」

『付き合うって、何を？』

「小百合の声を聞きながら、ひとりでヤる」

『やる……？　えっ！』

「小百合も脱げば？」

『ちょっ、理生、脱いでるの？』

たぶんこのままいけば成り行きで小百合は付き合ってくれるはずだ。しかし、理生のために無理をさせるのは本意ではない。ならばいったん引いてみる。

「冗談。脱いでねーよ。じゃあな、おやすみ」

『え……うん、おやすみ』

あからさまにがっかりした声だ。またも素直な反応だが、彼女は無自覚なのだろう。

(だから困るんだよ。本人はそういうつもりがなくても、こうして俺を翻弄《ほんろう》するんだから)

どっちが焦《じ》らされているのかわからなくなったが、小さく息を吐いてから言葉を返した。

「何だよ、本当は寂しいんだろ？　ヤろうぜ」

『さ、寂しくなんかないけど、電話でなんてしたことないから、教えてよ』

押してダメなら引いてみろの狙いどおりだ。小百合もその気になってくれたので、心置きなく誘導できる。

「急に強気だな。俺はもうとっくに準備できてるよ。小百合の声を聞いて硬くなってる。小百合が隣にいたら、押し倒してすぐにでも挿《い》れられるくらいにね」

『え……』

「小百合も濡れてきたんじゃないか？　正直に言えよ」

『そっ、そんなこと』

「ないって言うのか？　触って確認してみな」

『……』

無言の小百合に耳を澄ませる。微《かす》かに衣擦《きぬず》れの音が届いた。理生に従う彼女の行動に感動すら覚える。

（シャワー後ということはパジャマを着てるはずだ。ズボンを脱いだのか？　下着に手を入れているのか……？）

理生はバスローブの前をはだけさせて、自身をあらわにした。すでにソコは、期待ではちきれんばかりにそそり立っている。

「どう？　俺は正直に言った。小百合も言って」

根元を掴《つか》み、ゆっくり動かしながら、小百合の耳元を想像して伝えると、息が荒くなり始めた。

『……恥ずかしいよ』

「ってことは、濡れてるんだ？」

『……うん。濡れてる』

ぽつりと言った小百合の言葉が、理生の胸を打ち抜く。

（かっ、可愛い！　ダメだ、今ので出そうになった、堪《こら》えろ……！）

どうにか耐えて小百合に優しく命令を続ける。

「じゃあそこ触ってみて。小百合が感じる一番敏感なとこ。……わかるだろ？」

『うん、んっ、ダメ……ぁ』

「いい子だ。俺も自分のをしごいてる。小百合を欲しがってパンパンだよ」

『や……』

小百合のかすれた恥じらう声が、さらに理生の欲望を煽《あお》った。彼女のナカに挿《い》れたがっているのだろう、先走る露《つゆ》が指先に触れる。

『こんなの、やぁ……んん』

「今度は指を挿《い》れるんだ。俺のモノが挿入《はい》ってくると想像しながら」

『あ……っ、あんっ』

「いいよ、小百合……。今日は前よりもすごい締めつけだな。こういうのが興奮するんだ？」

『変なこと、言わない、で……っ』

喘《あえ》ぎ声《ごえ》と甘い吐息が交互に届く。理生は自身をしごきながら、低い声で提案した。

「なぁ、ビデオ通話しようぜ。小百合の顔と体が見たい」

『ぜ、絶対ダメ……！』

「じゃあ濡れてるところの音、聞かせてよ。それでいいから」

拒否されるであろう状況を提示してから、ハードルを少し下げると抵抗感は弱まるものだ。特に小百合はそういうところがあるので、試しに尋ねたのだが……

『んっ……』

小百合の声が遠のいたと思ったら、本当に聞こえてきた。くちゅくちゅという水音が耳の奥から脳を甘く刺激し、欲望が弾《はじ》けそうになる。

(素直すぎるだろ、可愛い。小百合、好きだ……!)

頭の中で告白すると同時に、しごいている手に力が入った。

「すごい音が聞こえるよ、小百合。ほら、もっと奥を突くぞ……!」

『り、理生、もっと、して……っ』

「ああ、小百合、締まるっ!」

『り、お……、……んんっ、あうっ!』

自分の名を呼ぶ小百合の声が聞こえた瞬間、我慢していたものが一気に崩れた。

「あ、小百合、ナカに出すぞ……イクッ」

『私も、理生……っ、イッちゃう、んん～～っ』

小百合の名を何度も呼び、彼女の啼《な》き声《ごえ》を聞きながら精液を吐き出す。頭の中で彼女の膣内にそれを塗りつけた。

小百合は自分のものだ、誰にも渡さない……!

絶対に聞かせられない欲望を心の内で叫びながら。

「……最高だったよ、小百合」

肩で息をし、吐き出したものを処理しながら、小百合に声をかける。

「大丈夫か？」

『……ん』

達したばかりで、ぐったりしているのだろう。息も絶え絶えといった具合の声だ。

「これでスッキリ寝られそうだ。ありがとう小百合」

『……私も』

「またヤろうな？」

『も、もう恥ずかしいってば……！』

「ははっ、俺も恥ずかしかったけどな」

お互いいつもの口調に戻り、ホッと息を吐《つ》く。

体の満足感のあとは、心のそれも欲しかったが、そこまで求めるのは贅沢《ぜいたく》というものだ。

「おやすみ。あったかくして寝ろよ？」

『うん。理生もお仕事頑張ってね』

「ああ、ありがとう」

『おやすみなさい』

本当はここで「好きだよ」と言いたくてたまらない。

理生はその気持ちをグッと抑えて通話を終えた。

◇　◇　◇

理生の出張三日目。小百合は仕事帰りに、新宿のイタリアンレストランで由香子と待ち合わせていた。

ふたりはグラスワインを飲みながらサラダやパスタを楽しみつつ、小百合たちの披露宴の話題に花を咲かせる。

「披露宴で久しぶりにみんなに会えて楽しかった。来てくれてありがとうね」

「私も楽しかった〜。小百合たちを見て、結婚を真剣に考え始めたって男子もいたよ」

「そんなこと言ってたんだ」

「うん、それでね――」

由香子は小学校時代からの友人だ。高校は別だったが、理生と同じく大学で再会し意気投合。卒業後も月に一度は会って語り合う親友である。彼女は一年ほど前に恋人と別れてからは、キャリアアップのために仕事に打ち込み、アウトドアの趣味を仲間と謳歌《おうか》していた。しばらくこの状態を楽しみたいという。

美味《おい》しい食事を終えてドルチェを待っている間、由香子が話題を変えた。

「そういえば小百合、覚えてる？　大学時代に寺島くんと付き合ってた、佐々木《ささき》さん」

「佐々木さん……。うん、覚えてるよ、佐々木美砂《みさ》さん、だっけ」

大学三年の頃に、理生が三ヶ月ほど付き合った女性だ。

「彼女がさ、小百合たちの結婚をＳＮＳで知ったらしくて、茜《あかね》に連絡が来たんだって」

「佐々木さんと茜、繋がってるんだ？」

茜も先日の披露宴に出席してくれた友人だ。

「最近は話もしてなかったらしいけどね。佐々木さんって昔からちょっとアレっていうか、寺島くんと別れた理由もひどかったじゃない？」

「うん、そうね」

「そういう人だから、茜は彼女と距離を取って疎遠だったらしいのよね。ただ、繋がってはいたみたい」

由香子はテーブルの上にあったスマホを手にした。

「茜に教えてもらった彼女のＳＮＳをチェックしたら、今はＩＴ企業でバリバリ働いてるみたい。ほら、これ見て」

タップした画面を小百合に向ける。

顔も体も小さく、細身で美人。記憶にある佐々木よりも、今の彼女のほうがさらに美しかった。

大学ではミスコンで優勝していた記憶がある。そんな佐々木は、高身長な小百合のコンプレックスを刺激する存在だった。

理生と別れた理由は、佐々木が彼女持ちの同級生男子にちょっかいをかけ、彼女から男子を奪い取ったから。そこで理生は用なしとなり、フラれのだ。

そしてあとからわかったのが、理生と付き合い始めた時から佐々木が二股をかけていたこと。彼女はその上で別の男を寝取ったのである。たった三ヶ月とはいえ、とんでもない女性と関わったことがわかり、理生だけではなく、小百合や周りの友人もショックを受けた覚えがあった。

「今でもそういう、人のものを欲しがる性癖があるらしくて、最近まで不倫してたらしいのよ」

「そんなことまで茜に話したんだ？」

「茜は聞いてないのに、自分からペラペラ話してきたんだって」

由香子は肩まであるストレートの髪を片方の耳にかけ、ふうとため息を吐《つ》いた。

その時、テーブルにドルチェが届いた。

小百合はグラスに美しく盛られたティラミス、由香子はフレッシュなミルクを使ったバジルのジェラートだ。それぞれ濃いエスプレッソと共にいただく。

「なるほどね、何となくわかった」

小百合が苦笑交じりにつぶやくと、由香子が顔を上げた。

「小百合……」

「佐々木さんの次のターゲットが理生、ってことよね？」

小百合はティラミスをスプーンですくう。口に入れると、ほんのり苦みのある甘さが広がった。

「たぶんそうなんじゃないかって茜が心配して、それで連絡くれたの。小百合の耳に入れたほうがいいのかわからない、だから先に私に相談してきたのよ」

「今日、由香子が私に会いたいって言ったのは、そのことだったのね」

「茜は迷ってたけど、私は小百合に伝えたほうがいいと思ったの。知らないより、知っていたほうが面倒なことを先回りして防げるでしょう？」

由香子もジェラートを食べ、美味《おい》しいと言って表情を和《やわ》らげた。コーヒーに口を付けた小百合は、いったん呼吸を整える。

「ありがとう、由香子。でも私、もし理生が佐々木さんとよりを戻しても何も言えないんだよね」

「どういう意味？」

由香子が険しい声で返す。

「前にも言ったけど、私と理生は勢いで結婚しちゃったから」

「別にそれはいいじゃない。授かり婚でもなくて、意気投合して結婚したんでしょ？」

「それはそうなんだけど……、ううん、ちょっと違うかな」

「何それ。何でそういう大事なことを言わないのよ」

身を乗り出した由香子に、小百合は正直に話した。

きっかけは婚活で出会った相手にフラれた話を理生にしたこと。恋愛が面倒になった小百合を見て、自分と結婚すればいいのではと理生に言われて納得したこと。理生は親にせっつかれて結婚しなければならず、どうせ結婚するなら気心が知れた相手がいい。そして小百合は子どもがたくさん欲しい。テラシマ・ベイビー株式会社に勤める理生にとっても、子どもがたくさんいるのはありがたい——、などなどを。

「小百合が子どもを欲しがっているのを知っていて、寺島くんからプロポーズしたのよね？」

「一応、プロポーズってことになるのかなぁ」

軽いノリだったので、そう言えるのか怪しいが。

「寺島くんも寺島家のために跡取りが欲しいってことでしょ？　ということはこの場合、子づくり婚ってやつになるの⁉」

「ちょっ、由香子、声が大きいってば……！」

子づくり婚とは言い得て妙だが、直接的な言葉に小百合の顔が熱くなる。

「あ、ごめん。でもそうなんだよね？」

慌てて口に手を当てながら、由香子が確認した。

「まぁ、今はそういう状態かな。理生が私の結婚の条件を聞いてくれているわけだから」

「好き同士で盛り上がって結婚したわけじゃなかったのね……」

由香子が残念そうな顔でコーヒーを飲む。

その表情を見つめながら、小百合は「うん」とだけうなずいた。

「でも好きじゃなかったら結婚までしないわよね？　子づくりってことは当然Hもしてるんでしょ？」

こそっと由香子に尋ねられて、先日、理生と通話でセックスしたのを思い出す。ひとり赤くなりながら、小百合は返答をした。

「……してるよ。私、友人として理生のことは好きだった。でも、急に夫婦になったからって、その気持ちが簡単に変わるとは思えない。だから好き同士とはちょっと違うのよね」

「寺島くんは？」

「彼も同じじゃない？　私といると気楽だって言ってるし、親同士も仲がいいから面倒はないし。

ご両親に結婚をせっつかれてたから、ちょうど良かったのよ」

「そう、なのかなぁ……」

首をかしげる由香子に向けて続ける。

「そういうことだから、理生が私の他に好きな人ができても仕方ないのかなって思う。私はわざわざ不倫なんてするつもりはないけどね」

「子どもがいればいい、ってこと？」

「子どもは欲しいよ～！　それが理生との子どもなら、私も嬉しいし」

「何で寺島くんだと嬉しいの？」

「理生は優しくて、気遣いができて、人の悪口も言わないから友人がたくさんいる。プレッシャーもあるだろうに仕事は真面目に頑張ってるし、頼りがいもあるの。私はそんな理生を尊敬してるんだ。あっ、それから普段は忘れてるけど、客観的に見て顔もスタイルも頭も良いし、とにかくパーフェクトな男性だもの。そんな彼の子どもだったら嬉しいに決まってるじゃない」

改めて考えると、理生は最高のパートナーだと実感した。

彼のいいところはまだまだある。言えと言われれば、いくらでも出てくるのだ。

「はぁ……」

ジェラートを食べ終えた由香子が盛大にため息を吐《つ》き、肩をすくめた。

「どうしたの？」

「小百合って、自分のことわかってないでしょ？」

「何それ？」

「まぁ、いいや」

言われている意味が理解できず由香子に尋ねようとしたが、話を切り上げられてしまう。

「とりあえず、佐々木さんには気をつけてね？　私と茜のほうでも何かわかったら小百合に伝えるから」

「うん、ありがとう」

うなずきつつ、何かあったとしても自分にはやっぱり何もできないだろうと、小百合は繰り返し思うだけだった。


由香子と会った翌日。小百合は仕事を終え、スーパーに続く道のりを歩いていた。

結婚式の頃には満開だった桜が、はらはらと散り始めている。

今夜は理生が出張から帰ってくるのだ。

(理生、夕飯は家で食べるって言ってたけど、何がいいのかな?)

聞いてみようとスマホを取り出したが、やめた。

(まだ忙しいだろうし、理生のことだから何でもいいって言いそう。彼が好きなものを作っておけばいいか……。苦手なものもわかってるし)

小百合は理生が好む料理を思い浮かべて、買い物に臨《のぞ》む。

理生が好きな肉料理、サラダ、具だくさんの味噌汁《みそしる》あたりか。

（意外と牛丼とかラーメンも好きで、お店もよく知ってるのよね。ああいう澄ましていないところも、理生の長所だわ。ということで、今夜は生姜焼《しょうがや》きにしようっと）

買い物を終えて家に着いた小百合は、早速、夕飯作りに取りかかった。

出勤前にお米は研ぎ、タイマーをかけてある。炊飯器から出ていた湯気が収まった。もうすぐ炊《た》けそうだ。

まずは味噌汁《みそしる》作り。油揚げを湯通しして、細くカット。それを水で戻したワカメと、手の上で包丁を入れた豆腐と共に鍋に入れる。そこに、出汁《だし》入り味噌《みそ》を入れて完成。

と、その時、キッチンの後ろのカウンターに置いたスマホが振動した。

「理生だわ。お帰りなさい、ちょうど夕飯作ってるところだよ、と……返信」

その後、すぐに笑顔のスタンプが送られてきた。

小百合は冷蔵庫から生姜焼《しょうがや》きの材料を取り出していく。

（理生が帰ってくる……！　タクシーだから、あと十五分ってところかな。うん、間に合いそう、良かった）

次に豚肉と、たっぷりの玉ねぎを炒《いた》める。

生姜《しょうが》もたくさん入れよう。しょうゆに、めんつゆを少しだけ混ぜて味付け。

キャベツの千切りとトマトを添える。ちょうどタイミング良く、ご飯が炊《た》き上《あ》がった。

準備しながら、ふと気づく。

「私って意外と料理好きだったんだ？　久しぶりにすごく楽しい」

そう口に出したところで手が止まった。

(久しぶりに？　今までずっと食事を作ってきたのに、何でそう思ったんだろう？)

ウキウキしている自分を客観的に見つめてみる。

急に料理が好きになる理由、とは？

ひとり暮らし中、料理をするのが嫌いではなかったが、どちらかというと面倒で、外食のほうを好んでいたのに。

「もしかして……理生が帰ってくるから？　それでウキウキしてるの、私？」

キュンと胸が痛くなった。

「い、いやいやいやいや！　理生と一緒にいるのが好きなのは、昔からでしょ。今さら何が違うっていうのよ、そんな……」

そんな、そんな、そんな……

その時、ガチャと玄関のドアノブの音が届いて、跳び上がりそうになる。

理生が帰ってきた。そしてなぜかまた、胸が痛くなる。

とりあえずその痛みを放置して、小百合は玄関に向かった。

(数日とはいえ、毎日一緒に暮らす他人なんて初めてだもの。だから離れれば寂しいし、帰ってくれば安心して嬉しい。そう、この広いマンションにひとりは不安だけど、理生がいれば怖くない。だから嬉しいということで、オーケー……)

リビングから出たところで、靴を脱いで廊下に上がった理生と目が合う。

「ただいま。出迎えてくれるんだ？」

「っ！　おっ、お帰りなさい……！」

その微笑《ほほえ》みが小百合の胸を打った。

思わず体が硬直し、その場で立ち止まる。彼が近づいてくるのに動けない。

「どうした？　熱でもある？　顔が赤いぞ？」

「えっ！　そ、そう？　張り切って料理作ったからかな？　動き回ってたから！」

心配そうな顔で見つめられ、小百合は訳のわからないことを早口でまくしたてる。

「へえ、張り切ったんだ。それは楽しみだな〜」

「張り切った割にたいしたものじゃないんだけど……」

「小百合が作ってくれたなら、たいしたものだよ」

ポンと、小百合の頭に手を置いた理生は、洗面所に行ってしまった。

（理生がただいまって言っただけで赤くなる必要がある？　料理を褒《ほ》められたくらいで何を動揺してるのよ。ああ、理生の声を聞いたら通話でHしたことを思い出してしまった。ヤバいヤバい……！）

高鳴る胸を無理やり抑えながら、小百合はキッチンに戻った。


「あー腹減った。そうだこれ、お土産《みやげ》」

着替えを終えた理生が、ダイニングテーブルの前で紙袋を差し出した。

受け取って中を見ると、冷凍の馬刺しと明太子、九州のお土産《みやげ》だ。

「ありがとう、美味《おい》しそう……！　明日のおかずにしてもいい？」

「ああ、そうしよう。あと明日、愛媛《えひめ》のみかん大福も届くよ」

「ええっ、本当に？　食べてみたかったの、嬉しい！」

「知ってる」

「え……」

理生の低い声に、ドキンと小百合の心臓が大きく鳴る。

「前に言ってたもんな」

彼は椅子を引いて腰を下ろした。

「言ったけど……、確かずいぶん前だよ？　ネットで見たのが半年くらい前だったと思うから――」

「小百合が言ったことはだいたい覚えてるんだ、俺」

返事ができずに佇《たたず》んでいる小百合を、理生が見上げた。テーブル上の料理を指さしている。

「食っていい？」

「あっ、もちろんどうぞ。食べて食べて」

「小百合も座れよ。一緒に食おう」

「そ、そうね」

まだ着けていたエプロンを外し、椅子の背もたれにかける。小百合が理生の正面に座ると、待ちきれないとばかりに彼は両手を合わせた。

「いただきます。……うん、うまっ！　小百合が作る生姜焼き《しょうがや》き、美味《うま》いなぁ」

いつもどおりの良い食べっぷりを見て、小百合はホッとする。

「気に入ってもらえて良かった。私もいただきます。……ん、美味《おい》しくできた」

味付けが気になっていた生姜焼き《しょうがや》きを口にした。甘辛《あまから》く、生姜《しょうが》の風味がよく効いている。

「小百合って料理上手だったんだなぁ」

「そんなことないわよ」

「いや、まだ数日だけど俺にはわかる。作ってくれた料理、全部美味《うま》かったから」

「褒《ほ》めすぎよ。でも、ありがとう。嬉しい」

「俺も嬉しい」

彼は味噌汁《みそしる》を啜《すす》り、大きく口を開《あ》けてキャベツの千切りを頬張る。

「何で理生が嬉しいの？」

「小百合の手作りメシを独り占めできるから」

「っ！」

小百合は手にしていた茶碗を落としそうになった。

(理生って天然なのかしら？　こういう言い方されたら誰だって誤解するわよ。でも、こんなに口が上手《うま》かったっけ？　私が気づかなかっただけ？)

呆気《あっけ》にとられていた小百合に、表情を変えず理生が尋ねてくる。

「メシ、お代わりある？」

「あ、あるよ、たくさん。生姜焼《しょうがや》きもまだ残ってるから、良かったらどうぞ」

「やったね。出張先でもたくさん美味《うま》いもの食べたんだけど、やっぱり仕事だから緊張感があるだろ？　それで——」


彼の出張での話を聞いているつもりだったが、小百合の心はここにあらず。ただただ、自分の心に生まれた「何か」を見つめ続けていた。


お風呂から上がった小百合は身支度を整え、寝室に入る。

「お、あったまったか？」

ベッドに横たわっていた理生が顔を上げた。

「俺が先に入って悪かったな」

「何言ってるの。いつも私が先なんだから、疲れてる時くらい理生が先に入ってよ」

サンキューと笑った彼が、ごろんとベッドに転がる。

(私が引っ越してきた時にはすでにあったキングサイズのベッド。ひとりで寝るには広すぎる。ということは、誰かと寝るために買っていたのよね、きっと。私が知らない女性と……)

ここ二年ほど、彼に恋人がいなかったのは知っているが、女性と過ごす夜はあったのかもしれない。いや、なかったと思うほうが不自然だ。健全な歳頃《としごろ》のモテる男なのだから。

そんな当たり前のことに、なぜかモヤモヤしてしまう。

「やっぱり自分ちのベッドが一番だな～。リラックスできる」

無邪気な顔をする理生に合わせ、小百合も笑った。

「そうよね。私は旅先で枕が合わないことが多くて、次の日はだいたい肩こりがひどいの」

「俺はそこまでじゃないけど、寝心地って大事だよな」

ベッドの横に立ったままの小百合を見上げた理生が、布団をポンポンと叩《たた》く。

「小百合も横になれば？」

「うん。……あっ」

同時に体に違和感を覚え、小百合は思わず声を上げる。

「何？」

「う、ううん。ちょっとごめん」

小百合はウォークインクローゼットに飛び込んだ。ショーツを手にして部屋を出て、トイレへ急ぐ。

予感は的中していた。

「まだ先のはずだったのに、生活環境が変わったせいね……」

小百合はため息を吐《つ》き、汚してしまったショーツを洗面所で洗う。

モヤモヤしたり、赤面したり、情緒不安定なのはこれのせいだったんだと、ひとり納得しながら寝室へ戻った。

（そうよ、これは女性ホルモンの影響だったの。急に理生の女性関係が気になるなんて、今までの私じゃ考えられないもの）

寝室に入った途端、良い香りが鼻先をくすぐる。

それはここ数日、小百合が欲しいと思っていた匂いだ。その正体が理生の肌の香りだと気づいた途端、顔がボワッと上気する。

「どうした？　腹でも壊した？」

体を起こしていた理生が心配そうにこちらを見た。

「さっきも顔が赤かったし、本当は具合が悪かったんじゃないのか？」

「ううん、違うの」

自分の混乱を悟られないように、小百合は平静を装《よそお》って答える。

「生理が来たの。いつもより早かったから驚いちゃって」

「そうか。環境が変わったせいかもな」

「私もそう思う。心配させてごめんね」

（……これはいけない。これはダメだ。このままでは関係が崩壊する）

頭の中で、自分がそう言っている。その言葉に従い、小百合はこの場を離れることにした。

「私、あっちの部屋で寝るね」

「は？　何で？」

「しばらく子づくりはできないから、ここで一緒に寝てても意味ないかなって。理生もひとりで広々寝たほうが疲れが取れるでしょう」

出張から帰ってきたばかりなのだ。彼のためにはそのほうがいいに決まっている。……決まっていた。

そんなふうに思ってしまう心を持て余していると、彼が聞いたことのない不機嫌な声でつぶや
「……そういうマインドはやめようぜ」

「マ、マインド？」

「結婚生活を楽しもうって言ったろ？　こっちおいで、ほら」

理生は掛け布団にもぐり、それを少し持ち上げて小百合が入りやすいようにする。彼がいつまでも待っているので、小百合は戸惑《とまど》いつつ、ベッドに入った。

「別に子づくりしなくても、こうやって一緒に寝てればいいじゃん」

「でも」

「あっためてやるから。冷えてない？」

理生が優しく抱きしめてくる。求めていた香りでいっぱいになり、めまいが起こりそうだ。

「こうしてるとあったかいから、大丈夫……」

「薬は飲まなくていいの？」

「そんなに痛くないから平気よ。ありがと」

彼の腕の中でうなずくと、大きな手が小百合の腰をゆっくり撫《な》でた。温めてくれているのだろうが、何だか変な気持ちになってくる。

「あの、大丈夫よ、さすらなくて」

いるのに寂しい。

「ごめん。逆に痛くなったら困るよな」

「ううん、そうじゃなくて、理生は疲れてるんだから気を遣わないで。すごく気持ちいいけど、ね？」

「じゃあ遠慮するなって。俺は平気だからさ。これくらいで疲れたりしないよ」

「……ありがとう」

これ以上その温かい指で触れられたら……。そう思うと逃げ出したくなったが、しっかりと抱えられているので無理そうだ。

「ここはどう？」

「うん、気持ちいい」

背中を優しく撫《な》でられて、うなずく。

次は片手を取られて、手のひらのツボを押してくれた。

「あとはどこが気持ちいいかな」

「あ、生理にはここがいいみたいで、自分でよく押してるの」

「よし、俺がやる。この辺？」

「うん、そう」

彼の指がツボを押す。最初はこわごわ押していたが、慣れてきたのか、急に強い力が加わった。

「んっ……、ちょっと痛いかな？」

「あ、ごめん。これくらい？」

「そうね、ちょうどいい」

「ここは？」

「そこも、すごく、いい……」

しばらくうっとりしていると、理生の手が離れた。

「あ、ありがと、もう大丈夫よ」

ツボ押しに疲れたのかと思い、そう言ったのだが――

「じゃあ……、ここは？」

イタズラっぽく笑った彼が、小百合の胸をふわりと包む。ピクンと体が反応した。

「そ、そこは違うでしょ……！」

「じゃあ、ここ？」

移動した手が小百合のお尻に触れる。理生が触れたところは全部心地好くて、変な気分になるから困るというのに。

「もう、理生ってば……！」

「ははっ、冗談だよ。体調が悪い女性には変なことしない。ごめん、ごめん」

彼は笑いながら、再び小百合を抱きしめた。

「でもキスくらいはいいよな？」

「え？」

その真面目な声に、思わず顔を上げる。そんな隙を逃がさず、唇を重ねられた。

「ん……」

「イヤだったら言って。もうやめる。……俺はキスしたいけど」

優しい声で言われたら、拒否するすべがない。

「……キスだけなら、いいよ」

「ありがとう、小百合」

微笑《ほほえ》んだ理生の唇が、再び小百合のそれを塞《ふさ》いだ。

「んっ、んん……」

彼の舌がゆっくりと小百合の舌を舐《な》める。セックス中のキスのような激しさはないものの、小百合をとろけさせるには十分な執拗《しつよう》さだ。

長く長くキスを交わしたあと、理生は何度も小百合の頬や額《ひたい》、唇に優しいキスを落とした。

これではまるで――

(まるで恋人みたいというか、本当の新婚夫婦がいちゃいちゃしてるように感じる。でも理生は違うのよね？　結婚生活を楽しもうって言ったのを実行してるだけなのよね……？)

心を交わし合っていないのに、ふたりの間には甘い空気が流れている。それは小百合が勝手に感じているだけで、彼にそのつもりは毛頭ないはずだ。

(あ……、佐々木さんのこと、どうしよう)

ふいに、由香子に教えられた理生の元カノ――佐々木美砂のことが頭をよぎった。

たとえ佐々木が理生に連絡を取ってこようとも、判断するのは彼自身だ。理生が彼女と会いたいと思えばいいし、断るのも彼が決めること。なのに……

(私、理生に佐々木さんと会ってほしくない。私の知らないところで、彼女と理生が進展するだなんて考えたくない)

小百合は彼の背中に手を回した。

「小百合……?」

「……少し情緒不安定なの。抱きしめていてくれると安心するから」

もっともらしい言い訳を言葉にする。

「ああ、そうだよな。遠慮しないでずっとこうしていてくれ」

理生は体勢を変えて腕枕をしてくれた。

「ありがと……」

温かい彼の胸に顔を押しつける。ネガティブな感情が顔に出ているのを見られたくない。

彼の心臓の音を聞きながら、小百合はそっとまぶたを閉じた。


理生が出張から帰って二週間が経つ。

季節は春から初夏に移り変わろうとしていた。

小百合はパンツスーツに着替え、出勤途中の桜の木の下で立ち止まる。

(満開だったのがついこの前だったのに、早いものね。それにしても、ああ……、どうしよう)

小百合は悩んでいた。

ここのところ彼の仕事が忙しく、完全に子づくりのタイミングを失ってしまった。小百合の音楽教室も学期初めのため、かなり忙しい。夜、ベッドに入る時間が違いすぎて、朝起きてお互いの姿を確認できるといった具合なのだ。

（今日からまた理生は出張に行っちゃったし。アメリカに滞在して、帰ってくるのは十日後か……）

はぁ、とため息を吐《つ》いてから歩き出す。

結婚前は、何も考えずに子づくりすればいいと思っていた自分が本当にバカだった。

人肌が恋しい。というよりも、理生の肌が恋しい。小百合の体は彼に抱かれたがっている。それがこんなにも、もどかしいものだとは。

（ちょうど排卵日あたりだし、いいかと思ったのよね。だから余計にガッカリしてるのかも。そうよね、きっと）

小百合は背筋を伸ばして、足早に駅へ向かった。


子どもリズム教室は今が一年で一番盛況な時期だ。小百合の仕事ぶりにも力が入る。

「それでは、ママと一緒にお手々を繋いで、お部屋の中を歩いてみましょう～。ママと抱っこでも大丈夫ですよ」

十二組の親子を前に、小百合は笑顔でピアノを弾いた。

慣れない子どもには無理をさせず、母親が抱っこをして歩いても大丈夫だと助言する。

「わぁ上手～！　いっちに、いっちに、つぎは～、ママと両手を繋いでジャンプしてみましょう！

「一、二の三で、えいっ！」

キャッキャと、子どもたちの笑い声が響く。ママたちの表情から緊張が消えた。

「ママと一緒で楽しいね。じゃあ、みんなママに抱っこしてもらいましょう。みんなもママをぎゅうっと抱っこしてみようね。できるかな？」

乳幼児のクラスでは、リズムが上手にとれることよりも、母子とのコミュニケーションや、他の子どもとの関わりを大切にしていた。

「上手、上手！　ママのこと大好きだもんね～」

えへへと笑う子どもたちと、嬉しそうなママたちの笑顔。そんな空気に満ちあふれた部屋にいると、小百合の心も幸福に満たされていく。素晴らしい職業である。

その後は、輪になってボールを渡していくゲームや、音楽を流して自由に踊る時間などを設け、教室は終了した。

母親たちから受けた質問に答え終わりホッとした小百合は、ひとりにんまりと笑顔になる。

「ああ、みんな可愛いっ！　ママたちもみなさん素敵だったなぁ。このあとも頑張らなくちゃね。さ、受付作業に向かわないと――」

その時、コンコンとドアを叩《たた》く音がした。驚いて振り向くと、すでに開《あ》いたドアに寄りかかっている吉田がこちらを見ている。

「寺島先生」

「わっ、はい……！　すみません吉田先生。全然気づかなかった……！」

いえ、と笑った吉田がこちらへ近づいてきた。

「盛り上がったみたいですね、リズム教室」

「ええ。初めての生徒さんたちなんですが、ママも生徒さんもすごく楽しそうにしてくれたので、私も本当に嬉しくて」

「寺島先生が幸せそうだと、僕も同じ気持ちになれますよ」

「そうなんですか？　それじゃあ、もっと幸せそうにして指導しなくちゃ」

「……旦那さんとも幸せにしてます？」

小百合の前で立ち止まった吉田が、笑顔から一転、疑念の視線を向ける。

「えっ」

「ちょっと気になったんですよね。旦那さん、寺島先生のこと大切にしてるのかなぁって」

吉田は小百合の心を探るような瞳で続けた。

「どういうことでしょう？」

「下に、お客さんが来てるんですよ。寺島先生のお知り合いだとおっしゃっていました」

「私にお客さん、ですか？」

「佐々木さんという女性の方です。寺島先生の旦那さんと懇意《こんい》にしているとか、何とか。ご存知ないなら追っ払っておきますが」

理生と懇意《こんい》にしている佐々木という女性――。まさか、佐々木美砂のことだろうか。

ドキン、ドキンという心臓の音が大きく耳鳴りのように響いている。同時に、血の気が引いていくのがわかった。

「……たぶん、私の知っている人です」

「そうでしたか。……大丈夫ですか？」

吉田の表情が心配そうなものに変わる。

関係ない人を巻き込むわけにはいかない。そう思った小百合はとっさに笑みを作ってうなずく。

「ええ、大丈夫です。行ってきますね」

「僕も下まで行きますよ。知り合いではなかったら僕が断りますので、遠慮なくおっしゃってください」

「ありがとうございます」

「いえ。僕は寺島先生が心配なだけですから」

吉田はそう言って、小百合の前を歩き始めた。


階下の受付前でソファに座っていた女性が、小百合の姿を見つけて立ち上がる。そして明るい声で挨拶《あいさつ》をした。

「わぁ、久しぶり！」

「……お久しぶりです、佐々木さん」

やはり想像していたとおり、理生の元カノの「佐々木美砂」だった。

「私のこと覚えてた？」

「ええ、もちろん」

小百合が微笑《ほほえ》むと、佐々木がとびきりの笑顔を向ける。

「嬉しい！　それにしても変わらないね～！　相変わらず背が高ぁ～い！」

「佐々木さんも、変わらないね」

わざと大声で言っているとしか聞こえず、小百合は逆に声のトーンを落とした。

なぜここにいるのか。何をしに来たのか。聞きたいことは山ほどあるが、彼女の出方を待つ。

「どこかに入ってお話しようかと思ってたけど……、やっぱりここでいいや」

くるりと背を向けた佐々木は、ソファに戻って座った。そして小百合を手招きする。

行きたくはなかったが、仕方なく彼女の隣に座ろうとした。だが、それは拒否される。佐々木は自分の前に小百合を立たせ、こちらを見上げた。

くりくりとした大きな瞳に、イヤな色がチラつく。冷静になろうと小百合が小さく息を吸い込むのと同時に、彼女の赤い唇が薄くひらいた。

「いつも理生くんのそばにいて、ずっと彼を狙ってたの？」

「……何の話？」

「しつこいわよねぇ。理生くんとは幼稚園から一緒なんでしょ？　彼って見た目も素敵だけど、あのテラシマ・ベイビーの御曹司《おんぞうし》だもの、狙いたいわよね？　どういう手を使って結婚まで漕《こ》ぎ着《つ》けたの？」

ふふっと笑った佐々木は足を組み、細い足首を見せつけるようにプラプラさせる。昔と変わらず小柄でスタイルが良く、髪は艶《つや》のある綺麗なウェーブのロングヘアだ。顔は何か特別な美容法でもあるのか、以前よりも小さくなった気がする。どこにもシミや皺《しわ》はなく、大学の頃と変化のない肌質に見えた。とても二十八歳には見えない。

「でも理生くんってね、本当はあなたみたいなのが好みじゃないって知ってた？　大学の頃、よく言ってたのよ」

「……何を？」

そう尋ねるのが精いっぱいだ。

すると彼女は再び手招きをした。仕方なくかがんだ小百合に、耳打ちする。

「あなたと仲がいいのは幼馴染《おさななじみ》で気が合うから。小百合は女としては好みじゃないし、そういう機会があってもセックスする気にはなれない……って。衝撃的だったからよく覚えてるのよ」

ねっとりした声で伝える彼女から小百合は顔を離し、姿勢を整える。いつの間にか握りしめていた手のひらは汗を掻《か》いていた。

「理生って、そんなひどいこと言うんだ？」

「そうよ、知らなかったの？　陰ではあなたのことをいろいろ言ってたわ。がさつで、見た目どおり女らしくない。そもそもデカい女が好きじゃないんだって。……私にだけ、そう教えてくれたの。人の好みは変わらないっていうから、今もきっとそう」

どこか遠くを見ながら、佐々木は悦《えつ》に浸《ひた》っている。

彼女はしばらくそうしてから、ハイブランドのバッグに手を入れ、スマホを取り出した。

「当時、私が他に好きな人ができたって伝えたら、理生くん、泣いてすがってきてね。別れないでくれ、何でもするから頼む、美砂よりも好きな女なんてこの先一生できないんだ、なーんて可愛いこと言ってたわ。ほら、これ見て？」

画面を小百合に向かって、ずいっと突きつける。

それは大学時代、理生と佐々木が付き合っていた頃のものだった。楽しそうに身を寄せ、ポーズをとっている。

「……それが、何か？」

小百合の動揺をすぐさま悟った佐々木は、髪をかき上げながら上目遣いで答えた。

「私、後悔してるんだ、理生くんと別れちゃったこと。短い間だけど、あんなにも愛し合ってたのに、一瞬の気の迷いで手放してしまったから。あ、『愛し合ってた』の意味、わかるよね？」

「理生がそんな昔のことを気にしてるなんて思えない。そもそも、三ヶ月しか付き合ってないのに、あなたこそ、しつこくない？」

反論するも、佐々木はそれを無視して続ける。

「ねえ、今度、理生くんを誘っていい？　理生くんもまだ私のことを忘れられないと思うから」

「ひとつ言っておくけど」

「何？」

「不倫は不貞行為であり、違法よ。佐々木さんが理生と付き合ったら、私は訴える権利があるのをお忘れなく」

冷静なつもりだったが、声が震えてしまう。

由香子と話していたとおり、理生と佐々木が会うのを止める権利はない。理生が佐々木に未練があろうが、彼女に再び恋をしようが、仕方がないと思っていた。

だがこうして佐々木を目の前にすると、それは間違いだったことに気づく。

（こんな人と一緒にいても、理生は幸せになれない……！）

理生を守らなければという思いが小百合の頭を駆け巡り、握りしめていた拳《こぶし》に力が加わる。

すると突然、佐々木は破顔し、勝ち誇ったように言った。

「あらぁ、不倫じゃないわよぉ。理生くんが、正式にあなたと離婚してから付き合うんだから。それまでは清い関係を続けるので、ご心配なく」

呆気《あっけ》に取られている小百合の前で、佐々木が立ち上がる。バッグを手にし、小百合を横目に言い放った。

「うふふ、楽しみぃ～。早く理生くんに会いたいな。じゃあね、『八雲』さん」

「寺島です」

「八雲さんに戻るんだから、それで正解でしょ」

小百合を睨《にら》み上《あ》げて言い捨て、その場をあとにする。

楽器店を出て、ショッピングモールの通路に入っていく彼女の背中を見つめていると、後ろから声をかけられた。

「寺島先生、あの人ヤバいですよ。昔からあんな感じなんですか？」

受付で様子を見ていた吉田が怪訝《けげん》な顔をしている。

「あの、吉田先生……」

周りを見渡して誰もいないことを確認している小百合に気づき、彼は説明を始めた。

「受付担当の三上《みかみ》さんには、今だけ下がってもらいました。寺島先生、聞かれたくないだろうと思って。生徒さんが来たら寺島先生に声をかけようと思ったんですが、ちょうど誰も来ませんでしたね」

「……お気遣い、ありがとうございます。みっともないところをお見せして申し訳ありません」

小百合はその場でお辞儀をした。

「いえ、お気になさらず。それよりも、顔色が悪いです。少し休んだほうが良いのでは？　次の教室は何時からですか？」

受付から出た吉田が、こちらに歩いてくる。

「次のレッスンは二時間後です。それまではここで受付業務をしてからお昼休みを取るので、三上さんと一緒にいます」

「そうですか。では三上さんを呼んできますね」

「いえ、私が行きますので大丈夫――」

そう言って、歩を進めようとした時だった。足元がフラつき、何もないのにつまずいてしまう。

「危ない……！」

「す、すみません」

よろめいた小百合を吉田がとっさに支える。彼の体格にしては力強く、頼りになる大きな手だ。

小百合はすぐに体勢を整えて吉田から離れたが、彼は叱責《しっせき》するように訴える。

「とりあえず、空《あ》いている教室で休んだほうがいい。心が落ち着くまではゆっくりしましょう。次のレッスンに差し支えます」

「……そう、ですね」

「僕がついていますから」

「いえそんな……！　ひとりで大丈夫です。吉田先生もレッスンがあるんですから」

「僕も次のレッスンまで時間がありますので、大丈夫ですよ。とにかくこんな状態のあなたを放置するわけにはいかない。確か、A教室が空《あ》いていたはずです。ここで待っていてください」

吉田は小百合をソファに座らせて、受付の三上を呼び戻した。

「寺島先生、顔が真っ青ですよ……！　大丈夫ですか？」

小走りに現れた三上が、小さく悲鳴を上げる。彼女は小百合のひとつ年上で、優しくて頼れる社員のひとりだ。

「すみません……」

「ちょっと貧血を起こしたようです。A教室が空《あ》いているようなので、そこで休憩を取ってもいいですよね？」

吉田が小百合の代わりに尋ねてくれる。

小百合は未だに心臓のドキドキが止まらず、呼吸も浅いままでいた。

「ええ、ぜひそうしてください。私は受付にいないとならないんですが、おひとりで大丈夫ですか？」

三上が心配そうに小百合の顔を覗き込む。

「僕がついていきますので、ご心配なく。次のレッスンはちょうどありませんから」

「吉田先生がご一緒なら安心ですね。寺島先生、ゆっくり休んでください。今日は比較的、生徒さんが少ないですし、お教室までの受付は私がひとりでできますから。これ以上具合が悪くなるようだったらすぐに病院へ行きましょう」

「……すみません、三上さん。本当にありがとうございます」

ゆっくり立ち上がってお辞儀をすると、「気にしなくていいから、早く休んで……！」と、三上に促《うなが》された。

「どうぞ」

「……ありがとうございます」

部屋のソファに横になっていた小百合に、吉田がペットボトルを差し出す。起き上がった小百合はフタを取り、ゆっくり水を飲んだ。美味《おい》しいと感じられてホッとする。

「だいぶ顔色が良くなりましたね。どうですか？」

「ええ、落ち着きました。さっきは本当に貧血が起きたみたいで、ドキドキが止まらなくて焦《あせ》りましたが、今は普通に戻りました」

それなら良かった、と吉田が微笑《ほほえ》み、小百合の隣に座った。

「何かあったら僕を頼ってください。さっきの会話……、少し遠いんですが、スマホで録音しておきました」

「え⁉」

「勝手にすみません。ですが、ああいうタイプの人は、何をしでかすかわからないので」

ため息を吐《つ》いた吉田の横顔を見て思う。

イケメンで人気のギタリストという職業柄、面倒事に巻き込まれることが多々あるのだろう。

彼のとっさの判断に小百合は頭を下げた。

「ありがとうございます。あの、実は私もスマホに録音していたんです」

それは由香子のアドバイスからだ。

万が一、佐々木が小百合に会いに来たら、良くないことをやらかすに決まっている。だからすぐに録音できるようにと、専用のアプリを教えてもらっていたのだ。

親友の助言に従って良かった。由香子には感謝してもしきれない。隣にいる吉田にも感謝だ。

「そうだったんですか。さすが寺島先生ですね」

目を丸くして驚いた吉田だが、すぐに神妙な顔つきに戻る。

「いや、そういうことをしなければならない可能性があったということか……」

由香子に心配された時は、有り得ないと思っていた。

佐々木が理生に会いに行くことはあっても、小百合のところには来ないだろうと。自分に会って何を言いたいのか見当もつかなかったのだ。

「僕はいつも明るくてしっかりしている『八雲先生』を見て、幸せな気持ちになっていました」

静かな声で吉田が続ける。

「だからあなたに悲しい顔はさせたくない。本気でそう思っています」

「ありがとうございます。しっかりしないといけないですね」

同僚をこれ以上心配させてはいけない。小百合は顔を上げて背筋を伸ばす。

「もう大丈夫です。吉田先生もそろそろ準備してください。私、受付に戻りますね」

「本当に大丈夫ですか？」

「ええ、三上さんも一緒ですし平気です。お水、ごちそうさまでした。いろいろとありがとうございます」

「わかりました。寺島先生、連絡先を交換しておきましょう。また先ほどの女性と困ったことがあったら教えてください。僕が録音したものもお役に立てるかもしれませんので」

「わかりました。よろしくお願いします」

小百合はスマホを取り出し、吉田とメッセージアプリのＩＤを交換した。


受付業務をいったん終えて昼休みに入る。小百合はひとり、ランチに出かけた。

ショッピングモールを出ると、白い雲がぽんぽんと浮かぶ、初夏らしい青空が眼前に広がる。小百合の心とは正反対の呑気《のんき》な陽気に緊張が緩み、ようやくお腹《なか》が空《す》いてきた。

カフェはランチのピーク時間を過ぎており、人気のテラス席に座れる。

「お待たせいたしました。海老《えび》とブロッコリーのグラタンです」

テーブルに熱々のグラタンが運ばれた。

外の清々《すがすが》しい空気を吸い込み、ゆっくりと吐き出した小百合は、フォークを持って食事に向き合う。

付け合わせのミニサラダを食べ、オニオンスープを口にする。熱いスープを飲んでいると、ホッとするのと同時に段々と腹が立ってきた。

(何で私があんなこと言われなきゃならないのよ？　吉田先生が人払いしてくれていたから良かったものの、他の人に聞かれたら私、会社にいづらくなるじゃない)

グラタンにスプーンを入れる。焼けたチーズをざくざく壊し、ホワイトソースと共にマカロニをすくった。

(由香子のアドバイスどおり、会話を録音しておいて本当に良かった。佐々木さんの話し方は昔と少しも変わってないけど、中身はずっとどす黒くなってたわよね。当時は気づかなかっただけかもしれないけど)

ふうふうと湯気を飛ばし、グラタンを口に入れる。

とろりとしたホワイトソースが柔らかいマカロニに絡《から》んで、チーズの風味が口に広がった。ああ、美味《おい》しい……と顔がほころぶ。イライラした気持ちが一瞬で落ち着く。

次から次へとグラタンを口に運んで味わっていく。食べ終わる頃には、小百合の心はグラタンで満腹になり、佐々木との一件を冷静に見つめられるようになっていた。

（不倫相手とはどうなったのよ。だいたい、常に人の彼氏や夫を欲しがるって、人としておかしくない？）

隣の芝は青く見えるというが、佐々木はその典型なのだろう。誰かのものを横から奪い、その背徳感を楽しむ。そして自分のものになったら飽きて、次のターゲットへ移る。タチが悪すぎるではないか。

食後のカフェラテを飲みながら、佐々木に言われた「理生のひどい言葉」を思い出す。

小百合についてのことだ。

女として好みじゃない、その気になれない、がさつでデカい女――

（そういう機会があってもセックスする気になれないって、じゃあ結婚してからの理生はなんなのよ？　私は彼に散々抱かれてますけど？　通話越しにHもしてるし！）

顔がこわばってきたのがわかったので、もうひとくちカフェラテを飲んで、深呼吸する。

（あんなひどいことを理生が言うわけない。でも、彼が佐々木さんを好きだったのは知ってる。だから彼女と別れたことを後悔していても……不思議じゃないのよね）

椅子の背にもたれかかり、道行く人に視線をやる。

ビジネスマンがせわしなく歩き、ママたちが楽しそうにおしゃべりをしながらベビーカーを押していた。大学生らしきカップルもいる。

そんな人たちをぼんやり見つめながら、小百合は悲しい結論に至った。

（私は理生にどうこう言える立場じゃないのよ。自分ではわかっていたつもりだけど、いざこうなると何だかショック）

スマホの画面をタップして、メッセージアプリを確認する。

理生とのやり取りは、彼が空港に到着したところで終わっている。今は飛行機の中だ。

理生が出張を終えて帰ってくるのは十日後――

佐々木とのことを彼にどう伝えようかと考えるだけで、再び気が重くなった。

午後のレッスンをふたクラスこなして、小百合は帰路についていた。

（ああ、今日も最高に子どもたちが可愛かった！　不安そうにしていた子が、最後には笑ってくれるのが至福の時よね～。ママたちの嬉しそうな顔を見るとこっちまで幸せになれちゃうし。最高の職場だわ……）

ひとりニヤけつつも、頭の隅にはまだモヤモヤがこびりついている。

料理をする気にもなれなかったので、今夜はお弁当を購入した。美味《おい》しいとんかつが食べられる店がテイクアウトを始めたため、早速買ってみたのだ。少々お高めだが、こんな時くらい自分を甘やかしたっていいだろう。

帰宅した小百合は、ささっとシャワーを浴びて、冷やしておいたキンキンのビールを口にする。

「くはぁ～～っ！　うっま、最高っ！　追加で檸檬《れもん》サワーとハイボールも買ってきたし、お弁当と一緒にどんどん飲んじゃお」

ダイニングテーブルにお弁当とおつまみを用意し、飲みかけの缶ビールを置いた。

「グラスに注《そそ》ぐのもいいんだけど、メーカーさんは缶で飲むことを想定してるのよね。だからこのままが一番美味《おい》しい説で、合ってる？」

ぐびっと飲み、喉《のど》ごしを楽しむ。

「うう、美味《おい》しい。このままが一番説、合ってる合ってる。では、お弁当もいただきまーす」

フタを取ると、大きなヒレカツと海老《えび》フライがお目見えした。うん、豪華だ。贅沢《ぜいたく》だ。

小百合は付属のソースを千切りキャベツにかけ、ひとくち食べた。

「シャキシャキでいい香り。キャベツも美味《おい》しいのは貴重だわ。次は……海老《えび》フライ、いっちゃおう！」

大ぶりの海老《えび》フライには、こちらも付属していたタルタルソースをかける。隣にちょこんと載っている檸檬《れもん》を搾《しぼ》り、大きく口を開《あ》けて、がぶっとかじりついた。ザクザクとした衣《ころも》の食感と、ジューシーな海老《えび》を堪能《たんのう》する。

「ふっ、うま……、大きい、最高……」

ご飯をひとくち食べ、次はヒレカツである。

「お店ではロースカツしか食べたことがなかったのよね。楽しみ」

美しくカットされたカツにかぶりつく。力を入れなくても、簡単に噛み切れた。

「柔らかぁ～……。何これすごい」

香りも味も最高だ。ゆっくり味わってからキャベツ、海老《えび》フライ、ビール、ごはん、と繰り返した。

「美味《おい》しいものを食べて、美味《おい》しいお酒を飲んで、イヤなことはいったん忘れよう。あー、おいしっ！　幸せっ！」

イヤなことと言った途端、彼のことが頭に思い浮かぶ。

「理生、まだ飛行機に乗ってるんだよね……。そういえば昔のアルバム、実家から持ってきたんだっけ。理生と一緒に見ようと思ってたのに忘れてた」

小百合は飲むのを止《や》めてクローゼットに入る。段ボールに入ったままの荷物を開《あ》け、小学校の卒業アルバムを引っ張り出した。

リビングのソファに座ってページをめくる。

「ええと……、六年の時、私と理生は三組だったはず。一組、二組……」

三組のページで「寺島理生」の名前と、あどけない顔を見つけた。

「いたー！　あはは、可愛い～！」

現在の理生のミニ版といった感じで面影は十分あるのだが、六年生にしては幼い印象だ。

「この頃、理生は私より背が低かったのよね。まぁ、私は学年で一番大きかったから、当たり前なんだけど。理生は背の順が前のほうで、それを気にしてたなぁ」

中学生の頃に彼の背が伸びたという情報は、母親を介して小百合に回っていた。ふうん、と思うだけだったので、大学で理生を目の当たりにした時は本当に驚いたものだ。

「あの小さかった理生が私より大きくなってて、誰？　って感じだったのよね」

小学生の理生を見つめながら、クスッと笑う。

彼は幼い頃から誰にでも優しく、穏やかな性格だった。

「でも負けず嫌いなところもあったな。幼稚園の時に逆上がりができなくて、ずっと練習してたっけ。あと、私のほうが先に補助輪なしの自転車に乗れるようになったら、悔しがって毎日朝から練習して一週間かけて乗れるようになってた」

彼との思い出が次々と浮かんでくる。

「大学で会った時、最初は照れ臭かったけど、すぐに理生のほうから話しかけてくれたっけ。それで私の友だちも増えたんだ……。懐かしいな」

小百合は幼い頃からピアノを弾くのが好きで、ずっと音楽に携《たずさ》わりたくて音大に入った。そこで理生と再会したのである。

「理生が音大に入ったのは驚きだったわ」

テラシマ・ベイビー株式会社を理生が継ぐという話は、母親から聞いていた。えらいなぁと感心したのを今も覚えている。将来が決まっているのだから、彼は経営か経済を学べる大学へ行くのだろうと勝手に思っていたのだ。

ところが、彼は小百合と同じ音大に入学した。その理由は、小百合と同じくピアノを続けていて音楽が好きだったのはもちろんだが、テラシマ・ベイビーでゆくゆくは音楽教育を展開させたいという夢があるからだそうだ。

「そういうところも立派なのよねぇ、理生は」

ふと、彼と再会してからの写真を見たくなった小百合は、ソファから立ち上がった。キッチンに行き、冷蔵庫からハイボールの缶を取り出す。ダイニングテーブルに置いたスマホを手に、ソファに戻った。

缶のフタをプシュッと開《あ》け、ハイボールを飲む。

「檸檬《れもん》が効いてて美味《おい》しい～！　さて、大学時代の理生は……と」

大学時代の写真は携帯に撮りまくっていて膨大だったため、他の写真と一緒にクラウドに移行させている。

「探すのが大変だわ」

小百合はいつも仲の良い男女のグループで行動していて、理生はその仲間だった。みんなでよく遊び、旅行までした記憶がある。

「あった、あった。理生、若いなぁ。私もだけど」

仲間たちがこちらを向き、思い思いのポーズをとっていた。楽しそうにバカ笑いしている男子もいる。

スワイプしていくと、大学三年の夏にたどり着いた。

「あ……、佐々木さんがいる。みんなでバーベキューしてる時に彼女も来たんだ。やっぱり目立ってて可愛い。私が男でもコロッといきそうだわ」

肉や野菜を焼いている様子、乾杯しているところ、美味《おい》しそうに食べて笑う瞬間……たくさんの画像の中に、理生と佐々木が寄り添う姿がいくつか見られる。

「理生、幸せそうな顔しちゃって。本当に彼女のことが好きだったのね。なのに理不尽な理由でフラれて可哀想……」

小百合は涙ぐんだ。

「理生、このあと何が起こるかも知らないで無邪気な顔して……、うっ、ううっ」

涙があふれて止まらない。胸がきゅーっと痛くて苦しい。

「私だってあんなこと言われて可哀想。どうして私たち、さっ、佐々木さんに、振り回されなきゃいけないのよ〜〜！」

酒の勢いもあり、うわーっと声を上げて泣いてしまった。

誰もいないからいいのだと自分を納得させながら、グスングスンと鼻を啜《すす》る。ティッシュで涙を拭き、理生を想った。

「理生は誰よりも、優しいのに……」

大学を卒業後も理生と一緒に撮った画像を見つめて、思い出を呼び起こす。

「社会人になったばかりの私が仕事でミスして落ち込んだ時も、背の高さを先輩にバカにされた時も、理生はたくさん慰《なぐさ》めてくれた。フラれた時だけじゃない。いつだって私の気持ちを考えてくれて、楽しませてくれて……あんな人、どこにもいないよ……！」

彼との思い出がよぎるたび、再び涙と怒りがこみ上げてくる。

「そんなに優しい理生をどうしてフッたのよ？　何で今さらまた彼を欲しがるの!?　私と理生が別れて自分のものになったら、また彼を捨てるの？　そんなの許さない……！」

小百合はスマホを手にしたまま立ち上がった。

「私は理生が大切なんだから。彼を傷つける人はダメ！　絶対に近寄らせないんだから！」

それほど飲んでいないのに、昼間の疲れが残っているのか、足元が頼りない。

「理生に会いたい。理生、何で今ここにいないの？」

フラついた小百合は再びソファに座り、そのままコロンと寝転がった。

「理生、会いたいよ〜。理生に抱きしめてもらいたい……」

彼を想って胸が切なくなる。

理生に大丈夫だよって言ってほしい。そしてベッドでしてくれるように優しく抱きしめてほしい。キスもしたい。そのあと、彼に抱かれたい――

そこまで思って目を見ひらいた。

「ちょっと待って私……、もしかして」

ただの幼馴染《おさななじみ》の友人に対して、心から抱かれたいなどと思わないはずだ。ということは――？

「う、嘘でしょ？　私、理生のこと、好きになってる……？　本気で好きに……？」

胸に生まれた痛みは、理生をひとりの男性として好きだから――

気づいた途端、酔いが一気に吹っ飛び、心が混乱状態に陥《おちい》る。

「恋だの愛だのはもう、面倒臭いって思ってたのに」

しかもその気持ちを、しっかり理生に伝えていた。

「どうすればいいんだろう。だって理生もそのつもりなのよね？　私が面倒だって言ったら、じゃあ俺にしとけって感じだったんだから。なのに、今さら私が理生に恋してるだなんて知られたら、さくっと逃げられそう」

小百合はソファから起き上がり、ウロウロ歩き回る。飲みかけのハイボールも、ダイニングテーブルにある食べかけのお弁当も、口にする気が起きない。

このまま知らん顔して、淡々と夫婦生活を続けていけるのだろうか。

「そんなの自信がないよ。理生の顔を見た途端、好きって言っちゃいそう。そういえば、自覚する前もそんなことがあった気がする。理生が好きって言いかけてしまったことが……」

胸がきゅんと甘酸っぱく痛む。

「理生が、好き……。ああどうしよう、口にしたら止められない。私、理生が好き、大好き……！」

立ち止まり、小さくその場で飛び跳ねた。

「少女漫画じゃないんだから、何なのよ、これは……！」

顔どころか、体まで熱くなってくる。

幼馴染《おさななじみ》に恋をするなど、漫画やドラマの世界だけのことだと思っていた。周りには同じようなカップルがいなかったから。

本気でどうしていいのかわからず、小百合はとりあえずテーブルを片づけた。お弁当の残りはお皿にまとめ、飲みかけのハイボールを冷蔵庫に入れる。

佐々木の宣言と、自覚した恋心と、しばらく帰ってこない理生――

いっぺんに考えることに疲れ、小百合は歯を磨いてさっさとベッドに入った。

翌日。小百合は由香子に、佐々木が会いに来たことについてスマホでメッセージを入れた。そして三日後の今日、心配した由香子とカフェで会っている。佐々木の件を伝え、理生に対する小百合の気持ちの変化も話した。

「教えてくれてありがとう。小百合の気持ちも」

「……うん」

「それにしても、本当に小百合のところへ佐々木さんが来るとはね。会話はしっかり録音してあるんだし、何かあってもこれが証拠になるわよ。よくやったわ」

録音内容を聞き終えた由香子が、小百合にスマホを返す。

「由香子のおかげでとっさに対応できたの。本当にありがとう」

礼を述べると、彼女は神妙な顔をして腕を組んだ。

「このあと、どうしようねぇ。佐々木さん、寺島くんに接触してくるんだろうけど……。彼は今、出張中なのよね？」

「うん。帰ってくるのは来週」

「それまでは安心とはいえ、どっちみち寺島くんに伝えておかないと、まずいわよ。まだ何も言ってないんでしょ？」

「出張先でこっちのゴタゴタを聞かせるのは、良くないかと思って……」

理生のことだから小百合を気にかけてくれるだろう。だが、仕事に集中してほしいので報告はしないでいる。

「まぁ、忙しいだろうしね。でも帰ってきたらすぐに言うのよ。佐々木さん、虎視眈々《こしたんたん》と寺島くんを狙ってるんだろうから」

佐々木が楽器店に来たあと、ギター講師の吉田から小百合に何度か連絡が入っていた。小百合を心配してのことと、小百合がいない間に佐々木が再び教室を訪れていないことの報告だ。「僕から旦那さんに話しましょうか」とまで言ってくれたが、それは断った。

理生に対する気持ちの整理がついていないし、どのみち彼は出張で日本にいない。

小百合は手元にあるアイスカフェオレを見つめる。今日は気温が上がって、暑さを感じるくらいの陽気だ。グラスが汗をかいている。

「そもそも、理生にこの一件を伝える権利が私にはあるのかな……」

「まだそんなこと言ってる。あるに決まってるでしょ。理由はどうあれ、小百合は寺島くんの正式な妻なんだから」

「そうなんだけど、理生が佐々木さんとよりを戻したいと言ったら、私に止められる自信はないよ」

どこまでも弱気な発言だと思うが、結婚しようと言った時の自分と理生のやりとりを思い出すと躊躇《ちゅうちょ》してしまう。

お互いのメリットが合致したのを良いことに、軽いノリで結婚に至ったことは否めない。理生の口ぶりから見てもそれは明らかだった。きっと彼の気持ちは今も変わらないのに、いきなり小百合の気持ちを押しつけたら、驚くどころかドン引きされるに違いない。

「彼を好きになったんだって、やっと自覚したんでしょ？　なら頑張りなさいよ！」

由香子がドンッとテーブルを叩《たた》く。

驚いて顔を上げると、彼女は真剣な表情で小百合を見つめていた。いや、睨《にら》んでいると言ってもいい。

「由香子……」

「寺島くんを手放してもいいなんて、そんないい加減な気持ちで彼を好きなわけ？」

「そんなこと、ない」

「本当に佐々木さんのもとに彼を行かせていいの？」

「……やだ」

カフェオレのグラスを両手で握りしめた小百合は、首を横に振った。そして小さな声で続ける。

「イヤよ。私、あんな勝手な人に理生を奪われたくない。だってきっとまた、理生は彼女に捨てられる。そんなことダメよ。理生が可哀想すぎる……！」

先日、ヒレカツ弁当を食べたあとに泣きながら思ったことを口にすると、由香子が呆《あき》れたような顔をした。

「いやまぁ、それはそうなんだろうけど。今は寺島くんが可哀想とかいうよりも、小百合の気持ちを大事にしてよ」

「私の気持ち？」

「小百合が寺島くんを好きだろうなっていうのは、この前会った時に感じてた。それを自覚してくれて嬉しいんだ」

「ちょっと待って。私が理生を好きって、本人よりも先に由香子のほうが気づいてたの？」

そういえば先日、由香子がため息交じりに「小百合は自分をわかっていない」と言っていたような。

「誰が見ても気づくわよ。寺島くんのいいところを嬉しそうに、無限に話してるんだもの。どう考えても、幼馴染《おさななじみ》以上に好きじゃなくちゃ、あんな顔できないし。それに小百合は、何とも思っていない人と子どもなんてつくれないわよ」

「そ、そうなのかな」

「婚活相手のこと、本音はあまり乗り気じゃなかったんでしょ？」

「ん～……今思えば、だけどね。でも結婚と恋愛は違うって言うじゃない？」

「そんなの人によるんじゃないの？　少なくとも私は恋愛感情がない人とはやっていけない。とにかく、その恋愛というものに突入したんだから、自分の気持ちをまず大切にしなさいね」

「理生が可哀想じゃない？　佐々木さんのことでまた傷つくかもしれないのに、さらに私のことで困らせたくないのよ」

小百合の言葉に、由香子は「はぁ～～っ」と大きなため息を吐《つ》いた。

「小百合はお人好しだよねぇ。寺島くんが可哀想って発想もすごいけど、佐々木さんは小百合を罵《ば》倒《とう》したのよ？　彼女に理不尽なことを散々言われたのよ？　それに対して怒りなさいよ、まったく……」

「怒ってるけど、佐々木さんに振り回される理生を見たくないのよ。そっちのほうが大事なの」

親友に訴えると、彼女は苦笑した。

「まぁ、そういう優しさが小百合のいいところでもあるんだけどね」

アイスコーヒーを飲んだ由香子は、そういえば、と話を続ける。

「どうやって小百合の居場所を佐々木さんが知っていたのかって、昨日、茜に聞いてみたのよ。小百合たちの結婚式の写真を見つけた佐々木さんが、茜に連絡してきたって言ってたじゃない？ もちろん茜は小百合の情報を何も教えていないらしいんだけど……」

「茜はそんなことしないってわかってるから大丈夫よ。私の顔も本名も会社のホームページに載ってるから、探そうと思えば探せるのよね」

「そういえばそうか……」

音楽教室のみならず、講師という職業はネット上にプロフィールが掲載されていることが多い。とはいえ、小百合は本名でSNSはしていない。講師のプライベートを知りたがる人を避けるためもあるし、余計な失言をして信頼を損なわないためでもある。

理生も自分の立場から、個人名を使ったSNSは使用していない。仲間内にしかわからない名を使ったメッセージアプリで友人とやりとりをしているだけだ。だが、彼の会社は知られているので、佐々木が理生を待ち伏せする可能性だってある。

先日、小百合のもとに来た佐々木の様子からも窺《うかが》えた彼女の執着を思い出し、改めてゾッとした。

「私、やっぱり佐々木さんのことを理生に伝えてみる。彼女が理生にまとわりついて大事にならないように」

「そうよ。気持ちの押しつけだとか余計なことは考えないで、こういうことがあったんだけど、どう思う？　くらいのノリで言えばいいのよ」

「うん。今までいろいろ相談に乗ってもらった感じで言えば、変じゃないよね？」

「もちろん。頑張れ、小百合」

「ありがとう、由香子」

小百合が心を決めると、微笑《ほほえ》んだ由香子が力強くうなずいた。

◆　◆　◆

出張を終えた理生がマンションに着いたのは、夕方の五時過ぎだった。明日から始まるであろう時差ボケにうんざりしつつも、ようやく小百合に会える嬉しさで胸がいっぱいになる。

「ただいまー……って、まだ小百合は帰ってないよな」

スーツケースはとりあえず玄関に置き、ビジネスバッグを持って廊下に上がる。

「帰ってきた時の匂いがいつもと違う……。小百合の匂いがこの家に馴染《なじ》んだんだな。最高じゃないか」

その事実に嬉しくなり、手洗いを終えてから、足取り軽くリビングの扉を開《あ》けた。

ソファにビジネスバッグを放った理生は「小百合ちゃーん、早く帰ってきてくれ〜。会いたいぞ〜。愛しい愛しい小百合ちゃ〜ん」などと鼻歌交じりで歌いながら寝室に入る。

ところが、ジャケットを脱いだところでぎょっとした。ベッドの布団が膨らんでいるのだ。

「うおっ、小百合⁉」

驚いた理生の声に反応して布団が動く。そしてむくりと小百合が起きた。

「……理生？　いやだ、だいぶ寝ちゃってた……」

「休みだったのか？　ビックリした……」

まさか、さっきのひとりごとを聞かれていたのでは、と焦《あせ》りで血の気が引いていく。

「ん……。お帰りなさい。今日、ショッピングモールの休館日だったの……。伝えてなかったっけ……？」

彼女は目を擦《こす》り、眠そうな声で教えてくれた。

どうやら聞かれてはいなかったようだ。それは良かったが、そんな甘い声を出されたら、このまま襲いかかりたくなるのでやめてほしい。

「そうだったのか。いないと思ってたから焦《あせ》ったよ」

声がうわずりそうになるのを抑え、いつものように穏やかな笑顔を見せる。

「出張、お疲れさま。お腹空《なかす》いてる？」

「まぁまぁかな。小百合もせっかくの休みなんだから、何も作らなくていいよ。宅配頼もうぜ」

「……ありがと」

寝起きでぼうっとしている割には、何となく様子がおかしい。

「どうした？　具合でも悪いのか？」

「う、ううん。そんなことないよ、寝ぼけてただけ。起きようっと」

ニコッと笑った小百合は勢いをつけて立ち上がった。そのまま、目の前を通り過ぎようとする。

彼女の香りに我慢ができなくなり、理生は思わず後ろから抱きしめた。

「小百合……」

「り、理生？」

「今夜、久しぶりに抱きたいんだけど、いい？」

「っ！」

小さく震えた小百合が可愛くて、もっと強く抱きしめようとした、その時。

「……あの、もう排卵日が終わってるの。だから、しても意味がないんだけど、それでもい――」

「そうか、わかった」

思わず彼女の言葉を遮《さえぎ》ってしまう。

自分に抱かれるのは完全に「子づくり」のためなのだと、これ以上聞きたくなかったからだ。引きつった顔を見られたくなくて、小百合からそっと離れる。

「俺は意味がなくても楽しみたかったけど、そういう気持ちになれない時も、あるもんな」

理生は、我ながら訳のわからない言葉をつぶやいて笑みを作り、ネクタイを外しながらウォークインクローゼットに入った。

「……平常心、平常心」

ぶつぶつと念仏のように唱えて、気持ちを落ち着かせる。

女性は体も脳も作りが違う。単純構造の男とは別物なのだ。その気になれない日があるのは当たり前。

疲れが溜まっている時でも下半身が元気になってしまう自分たちと同じに考えてはいけない。

思考を巡らせながら部屋着に着替えたところで、何かが引っかかった。

(いや、ちょっと待てよ？　寝起きとはいえ、あの声のトーンと表情は、悩んでいる時の小百合っぽかったな……。ベッドの中にいた驚きと会えた嬉しさで気づけなかったが、俺がいない間に何かあったんじゃないだろうか？)

理生はクローゼットを出て、小百合の気配がするリビングに急いだ。

「あ、理生。宅配どれにしようかなって。何が食べたい？」

ソファに座る彼女の顔をよく見ると、出張前よりもやつれている。

スマホのメッセージアプリでは何も言っていなかったのだが……

(もしかして、俺に言えないことなのか？)

理生の視線を受けて、小百合が不安げな顔をする。

「やっぱり作ろうか？　材料はあるから、ちょっと待ってくれれば作るよ」

「いや、大丈夫だよ。俺は和食系がいいかな。出張先にも和食はあったけど、ちょっと違うなってやつが多くてね」

安心させるために笑いかけ、隣に座って小百合のスマホを覗き込む。

「わかった。ええとね、ここが新しいお店みたいで――」

楽しそうに説明してくれるが、違和感は拭《ぬぐ》えない。

注文が終わり、ふたりの間に沈黙が訪れた。今、聞かなくてはいけない気がして、理生は小さく深呼吸してから小百合に尋ねる。

「なぁ小百合。俺がいない間に、何かあっただろ？」

「え……」

こちらを見上げた顔が一瞬で曇《くも》る。

（やっぱりか。この表情、まさかな……）

まだ理由を聞いていないクセに、理生の心にむくむくと醜《みにく》い疑いが湧き上がった。

「……ギター講師に何か言われた、とか？」

夫の留守を狙った間男《まおとこ》、などというシチュエーションの妄想である。

「えっ、ど、どうして知ってるの？　もしかして、もう理生に連絡がいった？　何て言われたの？」

動揺する小百合を前に、理生は顔を歪《ゆが》めた。

（おいおいおい、ただの妄想を口にしただけなのにビンゴとか、勘弁してくれよ……！）

衝撃で頭がクラクラしているが、どうにか答える。

「……別に、何も」

「何もってことはないでしょ、どこまで知ってるの!?」

「動揺しすぎだろ、小百合」

ついイラついた声を出してしまった。いけない、と思った瞬間、小百合が涙ぐむ。

「動揺、するよ。だって私、怖いもん……。理生が傷つくのが」

「っ！」

決まりだ。

小百合は理生がいない間に、あのギター講師、吉田に絆《ほだ》されたのだ。この結婚を捨て吉田のもとに行けば理生が傷つく——。小百合はそう言っている。

(その涙は誰のための涙なんだよ？　俺を可哀想がって？　いや、吉田を好きすぎて？　俺が出張中の、たった十日間でそんなにも関係が進展したのか？)

小百合よりも動揺しながら、ふと過去の彼女を思い出した。

——小百合は短期間でも次の男を見つけていたではないか。

付き合った男にフラれて理生が慰《なぐさ》めている間に、彼女は婚活を始めていた。その前も、大学時代も。似たようなシチュエーションを、彼女のそばで何度も目撃している。

(とはいえ、俺に小百合を止める権利はないんだよな。恋だの愛だのはナシ。それをすっ飛ばして結婚したいという小百合に同意したんだから)

理生は拳《こぶし》を握り、彼女に微笑《ほほえ》んだ。

「俺は傷つかない。だから安心してくれ、小百合」

「……本気で言ってるの？」

「ああ、本気だ。だから小百合も幸せになれよ。前から言ってるけど、俺は小百合の幸せを誰よりも応援してるんだからさ」

心にもないことを言っているのに止まらない。

何が応援だ。

小百合を幸せにするのは他の誰でもない、自分しかないと思っているのに。

彼女はこちらをじっと見つめ、まだ涙を浮かべている。だが、さっきとは違い、そこには悲しみの色が混じっていた。

（何が悲しいんだよ。泣きたいのは俺のほうだよ、小百合……）

またしても同じ失敗を繰り返している自分に腹が立ち、理生はソファから立ち上がる。

「俺、シャワー浴びてくるわ。宅配の弁当届いたら、先に食ってていいから」

「……うん」

背中で彼女の返事を受け取り、バスルームに急ぎ足で向かった。

頭からシャワーを被《かぶ》って気持ちを落ち着けようとしたが、そんなことをしても無駄だ。

（結婚してもうすぐ一ヶ月が経つ。一ヶ月もあったのに俺は何をしてたんだ？　小百合に振り向いてもらえるように努力するとか何とか偉そうに考えていたクセに、結局何もしてないじゃないか！これじゃあ、他の男に先を越されて指をくわえて見ていただけの過去と変わらない！）

ポンプを何度も押して多量のシャンプーを手に取る。

（でも俺、小百合のことになると慎重すぎて前に進めなくなるんだよな……。仕事は早いし決断力もあるし、人付き合いだって得意なほうだ。でも小百合の前に出ると、ダメになる。この関係を失いたくなくて、怖くて、ずっと同じところをグルグル回ってる……）

本気で好きすぎるがゆえに、上手《うま》く伝えられない。素直になれない。

（結婚生活が始まって、毎日小百合がそばにいてくれることに浮かれていた。このまま一緒に過ごせば小百合の気持ちが俺に向くかもしれないなんてさ、呑気《のんき》なことを考えていたんだ。いや、ただのバカだろ。俺の愚鈍！　低脳！　マヌケ野郎！）

シャワーで髪を洗い流しながら自分を罵倒《ばとう》する。コンディショナーの次は体を、と思ったところで手が止まった。そもそもシャンプーをしたのか記憶がない。

（いや、しただろ。動揺しすぎだ、冷静になれ）

とにかく、小百合との今後について考える。だが、考えれば考えるほど最悪の事態しか思い浮かばない。

「……別れたくねぇよ」

本音をこぼした途端、涙が出そうになる。

どうにか結婚まで漕《こ》ぎ着《つ》けたのに、すべてが無駄になるのだろうか？

バスルームを出てタオルに顔を埋めると、なぜか小百合の肌を思い出す。

白くて柔らかな小百合の肌は、理生のすべてを満たしてくれた。恋い焦《こ》がれた彼女との情事が、過去の思い出になってしまうのかもしれない……

（ヤバい、辛《つら》すぎる。今夜はひとりで寝よう。小百合とベッドを一緒にしたら俺、嫉妬《しっと》にまみれて、無理やり抱いてしまいそうだ。そんなことをすれば、小百合の心が離れるのは決定的だろう。それだけはイヤだ……！）

理生は唇を噛みしめ、頭をぶるりと横に振った。

リビングに戻ると、ダイニングテーブルに小百合が着席していた。先に食べて良いと言ったのに、宅配の弁当を前にして理生を待っている。

その様子に胸がチクりと痛んだが、今は彼女の前で食事をする自信がない。

「小百合、ごめん」

「どうしたの？」

「俺、ちょっと急ぎの仕事が入ってたんで、あっちの部屋で食べるわ。遅くなりそうだから先に寝てて」

「……そう。無理しないでね」

「ああ、ありがとな」

弁当を受け取り、ソファに置いていたビジネスバッグを手にして、玄関に移動した。置きっぱなしのスーツケースも部屋に持ち込む。

その間ずっと、理生は小百合の表情に違和感を覚えていた。

（俺と話した時に涙ぐんでいたが、もしかしてそのあとも泣いてたのか……？　目の周りが、さっ

きよりも赤くなっているように感じる）

バスルームに向かう前に、彼女と話した内容を思い出す。

だが、どう考えても小百合を泣かせるようなことは言っていない。

俺は傷つかない、だから小百合も幸せになれ、小百合の幸せを願っている――。これらの言葉に小百合を傷つける要素はないはずだ。

出張中の洗濯物を洗濯機にかける。乾燥までできるタイプなので、しばらく放っておく。スーツ類は明日クリーニングに出して……などと考えながらも、小百合の表情が頭から離れなかった。

部屋に戻ってデスクに弁当とノートパソコン、タブレットを並べる。弁当には手をつけず、機械的にＰＣの電源を入れた。

「……」

ニュースサイトの画面を見つめていても、頭には何も入ってこない。

（小百合に幸せになってほしいのは本当だ。だけど、マジでギター吉田のことを好きになったのか？　吉田はモテ男なんだろ？　だいたいな、バンドマンなんて女の使い捨てがすごいんだ。偏見だけど。人の妻を弄《もてあそ》びやがって！　とにかくそんなチャラい男に小百合を任せておけるかよ……！）

理生の頭の中は今や、吉田のことでいっぱいだ。

（このまま引き下がれるわけがないだろ。とにかく吉田に会いに行って、小百合に本気なのかを聞いてやる。すぐに行こう。ホームページに講師陣が載っていたはずだ。あいつが楽器店に来る曜日を調べて、待ち伏せしてやる）

理生はキーボードを叩《たた》き、小百合の職場のホームページから吉田について調べ始めた。

翌日。遅番の小百合が起きてくるのと同時に、理生はマンションを出た。おはようの挨拶《あいさつ》程度しかできなかったが、それでいい。まともに小百合の顔を見られなかったからだ。

午前中は作業に没頭した。昼食は軽く済ませ、外でのアポを数件終えて社に戻る。

去年からフリーアドレスを採用している社内では、いつでもどこでも仕事ができるようになっており、作業効率がぐんと上がり、理生もその環境が気に入っていた。今日はいつも以上に仕事に集中できる席を選び、凄《すさ》まじい速さで次々に業務をこなしていく。

ひと息吐《つ》こうと、自販機の前に向かった、その途中。

「理生くん！」

後ろから声をかけられて振り向いた理生は、ぎょっとする。

なぜか、こんな場所に昔の元カノ――佐々木美砂がいたからだ。

「え……、美砂？　どうしたんだよ、こんなところで」

彼女はジャケットを羽織《はお》り、膝丈《ひざたけ》のプリーツスカートを穿《は》いている。華奢《きゃしゃ》な体型と、美しいと思わせる顔の作りは昔と変わらない。いや、むしろ若返っているくらいだが、それは作りものの若さだろう。

美砂は理生と視線が合うと、首を傾けてニコッと笑った。

「久しぶり！　あ、お久しぶりです。ハシーマテックの佐々木美砂です。どうぞよろしくお願いいいたします」

「ハシーマテックさん……？」

「ＩＴ企業なの。私、ヘッドハンティングされて、今はそこで役員をしてるんだ」

えへへ、とはにかんだように笑うのも昔と同じだ。この笑顔に騙《だま》された男が数多《あまた》いたことを思い出す。自分もその男のひとりだったが――

「それは失礼いたしました。弊社と取引いただいているんですね」

「やぁだ、急に改まらないでよ。昔なじみってことで、今は敬語を使わないでいましょ？」

臆面もなく笑う美砂の態度に、理生は押し黙る。

（こいつは俺に何をしたのか忘れてるのか？　ってくらい馴れ馴れしいな。この押しの強さも昔と変わらない。関わると面倒だ）

美砂から一歩引いたが、すかさず彼女は距離を詰《つ》めてきた。

「私、テラシマ・ベイビーさんにＷｅｂマーケティングの交渉をしているところなのよ。ぜひ、よろしくお願いしまーす」

「ああ、そうでしたか。私の担当ではありませんが、ご縁があったらお願いします」

では、とその場をあとにしようとした理生の腕は、美砂にグッと掴《つか》まれる。

「……何か？」

不快感をあらわにした表情で見下ろすと、彼女は手を離して上目遣いで理生に問いかけた。

「ねえ、少しあっちで話さない？　あなたのプライベートについて聞きたいことがあるの」

「プライベート？」

「理生くん、結婚したんだってね。あなたの奥さん……八雲さんのことでちょっと、ね？」

美砂が含み笑いをする。イヤな感じだ。

理生は警戒しつつも、小百合のどんな情報も聞き漏らしたくはなかった。仕方なく、ここから少し離れたブースに美砂を連れていく。

立ち話ができるカフェテーブルがいくつか置いてあり、窓から外の景色がよく見える場所だ。今の時間は人が少ない。

「さすが大企業のオフィスは違うわね。素晴らしい眺《なが》め！」

わぁ、と窓辺に駆け寄った美砂は目をキラキラさせて外を見つめた。彼女の様子を受けて、理生の心が拒否反応を起こす。

そう、これが美砂の作戦なのだ。無邪気さを装《よそお》い、相手の警戒心を解《と》かせる。小柄でいかにも可愛い、男の征服欲を満たしたくなる容姿を自覚している美砂の——

途端に、大学三年当時のことが頭に蘇《よみがえ》った。

付き合って三ヶ月で美砂に突然フラれた理生は、何が何だかわからず、自分に魅力がなかったせいで彼女を繋ぎとめられなかったのだと自身を責めた。しかし、実は同じ目に遭《あ》った者が周りにたくさんいた。それを知った瞬間、美砂を見る目が百八十度変わったのだ。

彼女のやり方はとにかくタチが悪い。

人の彼氏どころか、人の夫にまで手を出していたのだ。大学生だった理生はその事実にドン引きした。人のものを欲しがる性癖持ちとは絶対に関わってはいけない。理生はそれ以降、美砂とは一切接触せずに大学生活を送り、卒業した。

しかし美砂は昔と変わらず、自分のペースに人を巻き込もうとしてくる。若い頃は人懐《ひとなつ》っこい彼女の長所だと思っていたが、大人になるとただの「図々しい空気の読めない人」という認識しか持てない。

ここまで当時と同じだと、性癖も変わっていないだろうことが窺《うかが》える。

「寺島くん、昔よりずっと素敵になったね」

「それはどうも。お互い年取ったよな。俺も美砂も老《ふ》けた」

「ええ、ひどい～！　これでもまだ、大学生と間違われるんだからぁ」

「それで話って？」

はしゃぐ美砂の雰囲気に流されないよう、理生は冷静な声で尋ねる。美砂はそんな理生に驚きもせず、微笑《ほほえ》んだ。

「八雲さんと結婚したんでしょ？　新婚生活は楽しい？」

「誰に聞いたんだ？」

「SNSで披露宴の写真見たよ～」

「あー、……そう」

友人の誰かが投稿し、そこに反応した者がいて、さらに知らない間に拡散されていく……

理生が気をつけていてもSNSとはそういうものだ。害悪でしかないと常々思っていたが、改めて使わないほうがいいと実感する。

「ねえ、答えて？　結婚生活は楽しい？」

「何でそんなことを教えないといけないんだ？　俺と君は何の関係もないんだから言いたくないね」

「ええ〜、冷たぁ〜い！　教えてくれてもいいじゃない。それとも……言いたくないの？」

美砂の媚《こ》びた視線に、理生の背筋を冷たいものが走った。そう、この女と関わってはいけない。

「だから話って？　俺、忙しいんだよ。もう戻らないと――」

「八雲さん、浮気してるよ？」

「っ！」

美砂の言葉が胸を刺した。さすがに昨日の今日だ。全身が固まってしまう。

「やっと表情が変わった〜。昔の理生くんだ。可愛いよね、すぐ顔に出るから」

ぷぷっと噴き出した美砂は、その後もクスクスと笑い続ける。

「……やめろよ、そういうの」

「知りたい？　誰と浮気してるのか。私、全部知ってるわよ？」

「どうして知ってるんだよ？　小百合と仲がいいわけじゃないよな？」

「知りたかったら、今夜、会ってくれる？　仕事の話もしたいし」

「断る。今ここで言ってくれ」

即答し美砂を睨《にら》みつけたが、彼女はまったく動じない。

「じゃあ私もイヤ。ここと違う場所で理生くんに会いたいの。私……今でも理生くんと別れたこと、後悔してるから」

「……は？」

理生は嫌悪の声を出した。

「別れたあともずっと……理生くんのことだけ考えてた。また会いたいの。私もう、浮気なんてしないよ？　理生くんだけを想い続けてきたんだもの……」

美砂はそう言いながら、人差し指で理生の胸元を、つつっと押す。

「やめろって言ってるんだけど？」

その指を振り払い、冷たく言い放つ。

「勝手に触るなよ。セクハラで訴えるぞ」

「こわ～い。まぁ、自分のオフィスだものね。そういう体裁でいなくちゃ、噂されちゃうものね、私たち」

「何を言ってるのかわからない。ここで話せないなら、もう俺は行く」

「待って。連絡先だけ交換しよ？」

「必要ない」

「八雲さんのこと知りたくないの？」

しつこく食い下がってくる美砂を、理生は背筋を伸ばして見下ろした。自分でも驚くほど冷え切った声を出す。

「小百合は『八雲さん』じゃない。寺島小百合、俺の妻だ。失礼極まりない発言をする人とは仕事はできません。担当に報告しておきます」

「ちょっ、ちょっと待ってよ。私は真面目に仕事の交渉を――」

「真面目に交渉というのなら、あなたと直接やり取りをしている担当と話を進めてください。私は関係ありませんので。ただし、失礼な態度については報告しておきます」

焦《あせ》る美砂の横を通り過ぎる。

「……あ、そう。わかったわ。でも私、引き下がらないから！」

「失礼します」

振り向きもせずに、理生はブースを離れる。

足取りは重かったが頭の中は冷静で、次に行うべき処理が次々と浮かんでいた。

仕事を終えた理生は、帰りに吉田との接触を試みようと一瞬考えたが、遅番の小百合に会いそうな時間だったので止《や》めた。

(ホームページで吉田が訪れる日にちはわかった。だが、音楽教室に連絡を入れるわけにはいかない。小百合に知られずに吉田と会うためには、待ち伏せするしかないんだよなぁ……)

帰路を歩きながらスマホを取り出すと、ちょうど通話が入る。小百合からだ。

「小百合？　どうした？」

『お仕事中だったらごめんなさい』

申し訳なさそうな声が届く。

「いや、もうマンションに着くところだよ。小百合こそ仕事中じゃないのか？」

『今、休憩中なの。それで、今日は仕事が終わったら由香子と会うことになって」

「由香子？　ああ、乾さんか」

小百合の親友であり、理生の大学時代の仲間でもある。彼女と一緒なら安心だ。

安心なのだが……

『冷蔵庫に夕飯の準備がしてあるから、良かったら食べて』

「そうか、ありがとう。乾さんによろしくな」

『うん、伝えておくね』

「あの！」

小百合を信じたいのに、もしや本当は吉田と一緒なのではという妄想が理生の口から出そうになる。

『何？』

「いや、その……俺も知久と会ってくるから、気兼ねなくゆっくりしておいで」

『追分くんと？　……わかった。理生も楽しんできてね』

何となく小百合の声が暗い気がしたが、そこで通話を終えた。

「クソッ、仕方ない。成り行きだが知久に電話だ、電話……！」

理生は踵《きびす》を返し、再び駅へ向かう。時計は七時半を指していた。

『もしもし』

「あ、知久か？」

『お前、いきなり電話とか何なんだよ。メッセージ入れろって』

「悪い。仕事終わった？」

『今、会社から出たところ。もしかして緊急の用件か？』

「俺にとっては緊急だ。時間ある？」

『ああ、いいよ。じゃあどこにするか――』

急な誘いにもかかわらず、知久は快く乗ってくれる。

彼が住んでいる場所は、理生の最寄り駅から三駅しか離れていないので、中間の場所で落ち合うことにした。

そして、話をするにはちょうどいいざわつきのある、大衆居酒屋で会う。

「――なるほど。早速、新婚生活にヒビが入ったわけだ」

「お前、イヤな言い方するなよ……」

知久の突っ込みに落ち込みながら、理生は生ビールを喉《のど》に流し込んだ。

彼は、理生と小百合の結婚事情や、それまでの小百合に対する理生の片思いについても知っている、唯一の友人だ。小学校時代からの親友にだけは、すべてを正直に話していたのである。

知久は焼き鳥の串をつまみ、かぶりついた。もぐもぐ味わいつつ、さらに続ける。

「理生がいつまでも気持ちを伝えないのが悪いんだよ。だから鳶《とんび》に油揚げをさらわれる」

「鳶《とんび》って油揚げ食うのか？　ていうか、今、鳶《とんび》は関係ないだろ」

「理生って高校時代に留学したよな？　それで日本語が不自由なのか」

「夏休みと春休みだけな。それが何だよ？」

普通に知らないだけかよと、知久は何かぶつぶつ言ったあとで、理生を指さした。

「まぁ、いい。とにかく、そのギター男に小百合ちゃんを取られていたとして、どうしたいんだよ、理生は？」

「今も本当は、そいつと会ってたらどうしようとか……情けない妄想してる。小百合が嘘を吐《つ》いているとは思いたくないいけど」

「ふうん、なるほどねぇ……。あ、ちょっと待って」

おもむろにスマホを手にした知久が、画面をタップし始める。

「彼女か？」

「いや、違うけど」

否定した知久がスマホを口元に持っていった。通話がこちらにも聞こえてしまうが、いいのだろうか？

『もしもし？　追分くん？』

女性の声が理生の耳に届く。聞きながら、理生はビールに口を付けた。

「ああ、由香ちゃん？　そこに小百合ちゃんいる？」

「ぶっ!?」

思わずビールを噴き出してしまう。

「お、おい知久、何してんだよ！」

慌てて手を伸ばした理生を避け、知久はスマホを耳に当てる。

「あっ、小百合ちゃん？　追分です。結婚式では、どうも～。うん、いえいえ、こちらこそありがとね」

今、彼が笑顔で会話をしている相手は小百合……。その事実が理生の心を安堵《あんど》に導く。

「いやぁ、理生が小百合ちゃんの声を聞きたいって、酔っ払っちゃってさぁ。そうそう……、ちょっと待ってね。ほら、理生」

「おっ、おま、お前……っ」

差し出されたスマホに躊躇《ちゅうちょ》したものの、観念して耳元に持っていった。

「……もしもし」

『理生？　どうしたの？　飲みすぎちゃダメだよ、明日も早いんでしょ？』

自分を心配する言葉を聞いて涙が出そうになる。小百合の声が胸に染み渡っていく。

彼女を離したくない。誰にもやりたくなんかない。

一瞬のうちにそんな思いが駆け巡り、理生を支配していった。

「ああ、大丈夫だよ。知久がふざけちゃって……。ごめんな、乾さんと楽しんでるところを」

どうにか自分を保って小百合と会話する。

『ううん。今ね、お店のテラス席で飲んでるの』

「何の店？」

『イタリアンのバーみたいなところ。食事もできるんだ』

「へえ……」

今度小百合と一緒に行きたい、行ってくれるだろうか、などと頭に浮かんだ時だ。

『素敵なところだから、もし良かったら……理生も行ってみて』

「え……」

小百合の言葉に頭を殴られたような衝撃を受ける。「一緒に行こう」ではなく「行ってみて」と、はっきり言われてしまったことに。

『それから今夜、由香子の家に泊まらせてもらうことになったの。明日、私も由香子も休みだから盛り上がっちゃって。いいかな？』

「あ、ああ、わかった。乾さんによろしく伝えて。じゃあ――」

しばらく立ち直れそうにない。声の動揺を知られたくなくて通話を切ろうとしたのだが。

『理生、待って』

切羽詰《せっぱつ》まった小百合の声を聞いて、イヤな予感が胸によぎる。そしてすぐさま、それは的中した。

『私、理生に話があるの。今度、時間もらっていい？』

「どうした？」

「今は言えないこと、なんだな？」

ドキンドキンと心臓が大きな音を立てている。その音が響いて頭が痛くなるくらいだ。

『うん。ふたりで話したいから』

「……そうか。金曜の夜なら空《あ》いてる」

『私もその日は早番だから、お願いします』

最悪だ。小百合との別れ話なんて一生したくはないのに……

金曜日までにどうにか決着をつけなければと、理生は腹をくくった。

『じゃあ、追分くんにもよろしく伝えてね』

「ああ、言っておくよ。じゃあな」

通話を切り、知久にスマホを渡す。

「妄想で良かったな」

笑った知久に、理生は苦笑しかできない。

「今、奴と会っているのかもってのは妄想だったが、やっぱり俺はフラれるみたいだ。タイムリミットは次の金曜……。あと三日しかない」

「どういうことだよ？　仲良く話してたんじゃないのか？」

知久は冷《ひ》や奴《やっこ》をつついていた箸《はし》を止めた。

「金曜日に話し合うことになった。ふたりきりじゃないとできない話なんだってさ」

「それは……ヤバいな」

「乾さんといるイタリアンバーも、『素敵なところだから理生も行ってみて』って……俺とは一緒に行かないっていう拒絶を言い渡されたよ」

口に出すと笑えてくる。

うかうかしている間に、小百合の心はとっくに別の男のものになっていた、気づかなかった自分が滑稽《こっけい》でならない。

なぜ披露宴の時に覚えた吉田に対する違和感を、すぐに処理しなかったのだろう。

「そのイタリアンバーの件だって、今、俺がスマホで連絡入れたみたいに、小百合ちゃんに聞けばいいんだよ。俺と一緒に行くのはイヤなのかってさ。妄想ばっかりしてると体に悪いぞ?」

「聞けたら苦労しねぇよ」

枝豆に手を伸ばしたが食欲は湧かず、鞘《さや》をいじくり回すだけである。

「お前、本当に変わったよなぁ。昔の理生だったら、好きな女性には自分から突っ走ってたじゃん。それが小百合ちゃん相手だと、どうしてこうもヘタレになるんだか。ま、それだけ小百合ちゃんに本気ってことだろうけど」

大げさにため息を吐《つ》いた知久がハイボールを注文した。理生も同じものを一緒に頼む。

小百合のことで頭がいっぱいだったが、ふと昼間に訪問してきた人物を思い出し、知久に報告することにした。

「そういえば、佐々木美砂っていたの、覚えてる?」

こちらを見た知久は、一瞬考えて「ああ」とうなずく。

「お前の元カノだろ? お前っていうか、他にも何人か食われてたよな。懐かしいわ」

「そう、その美砂が今日、俺の会社に来た」

「えっ、何で？」

焼き鳥の串を持ち、身を乗り出した知久に経緯を話す。

「ＩＴ企業の役員やってるらしくて、俺の会社に営業かけてるんだ。担当にも確認した」

「何だよそれ、すごい偶然だな」

「いや、偶然じゃないと思う」

届いたハイボールを口にし、知久に美砂の言動を伝えた。最初は興味津々《きょうみしんしん》だった知久の表情が、どんどんこわばっていく。

「こ、こわぁ……。完全にお前とよりを戻したがってるじゃん」

「雰囲気も性格も変わってなかったんだよな。それが本当にヤバい」

「理生が結婚したのを知って近づいてきたんだろ？　人のものになった途端、やっぱり惜しい！　ってな。変わってないわ～。あの子はガチのマジでヤバい。ていうか、理生が結婚したことを誰が佐々木さんに教えたんだよ」

「ＳＮＳだろ、たぶん」

「あぁ……、俺らの何人かがＳＮＳに上げてたな。そこから伝わったのか」

焼き鳥を呑み込んだ知久は、再びスマホを手にした。お前も少し食べろと言われた理生は、目の前の蛸《たこ》わさを箸《はし》でつまみ、口に入れる。わさびの辛《から》さと塩辛《しおから》い味が、ハイボールを進ませた。

「おおー、いたいた。写真だけじゃなくて動画も公開してるぜ。ほら」

目を丸くした知久はスマホの画面を見せ、テーブルの上に置く。そこに映っていたのは美砂だ。

「もう見つけたのか、すごいな」

ふたりで動画を見つめる。

忙しいOLの一日ルーティーンというタイトルのそれは、寝起きから始まった。眠そうに目をこすっている美砂のゆるめのパジャマは、胸元が見えそうで見えない。

カメラに向かって上目遣いで「おはよう」と挨拶《あいさつ》、着替えたあとにはにかんだ笑顔を見せ、さりげなくハイブランドのバッグや靴を映している。

美砂の表情を見て、ますます理生は食欲がなくなった。

「しっかしすげえな。他のところでショート動画も上げてるわ。うわ、フォロワーの数、えぐっ！」

知久はスマホを見下ろして叫んだあと、バカにしたように鼻で笑う。

「俺らは知ってるから近寄らないけど、知らなければコロッと騙《だま》されるよなぁ、これは。相変わらず華奢《きゃしゃ》で美人で可愛い。でもあざとさがビンビン伝わってくる。加工してるんだろうが、本物はどうだった？」

「当然、加工した動画よりは落ちるが、見た目は当時とあまり変わってなかったよ。まだ大学生に間違われるの～って、自慢されたわ」

理生の言葉を聞いた知久が、イタすぎるだろ、と笑いながらのけぞった。そしてすぐ元の体勢に戻り、スマホの画面を指さす。

「理生は今、これを見てどう思うんだ？」

「小百合のほうが一億倍綺麗で可愛くてスタイルがいい。精神的にも健康だし、有り得ないほど優しいし、何をしても一生懸命だから、俺が全力で守ってやりたくなる」

ほとんど残っていないハイボールのグラスを握りしめて語ると、再び知久が破顔した。

「ぷっ、ぶははっ！」

「何がおかしいんだよ。聞いてきたのはお前だろ、ったく」

「いや、俺は佐々木さんの話をしてたのに、お前が小百合ちゃんのことしか言わないから面白くて。ははははっ」

「え……」

思わず顔が熱くなる。

勘違いしたまま、小百合について熱くなった自分が恥ずかしい。

口ごもる理生に、知久が穏やかに微笑《ほほえ》んだ。

「今、口にしたことを小百合ちゃんに言ってみ？　理生の言葉に感動して、ギター野郎のことなんか忘れるだろうよ」

「ギター野郎、か」

「で、どうするんだ？　このままスゴスゴ引き下がるのか？」

「それはない。ギター野郎とは決着をつける」

「おう、頑張れ頑張れ。男なら決めてこい！」

笑いながら、知久はハイボールを飲み干した。テーブルにあった食べ物もほぼ彼が食べ尽くしている。細身の知久はその体躯《たいく》に似合わず、よく食べ、たくさん飲む。

「お前なぁ……、この状況を楽しんでるだろ？　人が苦しい思いをしてるってのに」

「親友が頑張るのを応援してるだけだろ。ほら、もっと飲めよ。俺も次いくわ。すみませーん！」

理生も知久の勢いに乗り、もう一杯ハイボールを注文した。


翌朝。ひとりのベッドで過ごす寂しさの中、目が覚めた。

「あれだけ飲んだのに、目覚ましが鳴る前によく起きられたな」

気がかりなことがあるせいだろう。眠りも浅かった気がする。

いつもなら小百合がいるはずのほうへ寝返りを打つ。誰もいないシーツを撫《な》でながら、わずかな小百合の残《のこ》り香《が》にすがった。

「小百合……」

結婚する際に、小百合と寝るために買っておいたキングサイズのベッド。ひとりで眠るには広すぎる。

「いや、ウジウジしてる場合じゃないだろ。今夜、俺はギター野郎のところに決着をつけに行くんだ。そして話し合いの金曜日に、俺の気持ちを告げるんだ」

ガバッと起き上がり、サイドテーブルの時計に目をやった。まだ五時半だ。朝陽がカーテン越しに部屋を仄明《ほのあか》るくしている。

「たとえ小百合が別れたがっていても、俺は別れたくないと正直に言おう。そう、正直に。そして小百合の幸せを最優先にする。ってなると、ギター野郎と一緒になるのを認めたことになる。小百合がそれを望むなら、辛《つら》くても受け入れるしかないんだ……」

いくら考えてもその未来にしかたどり着けないのだが、ここで逃げ出すわけにはいかない。

「そうなっても後悔しないように、小百合に気持ちを伝えるんだろ？　いつまでもヘタレてんなよ、俺！」

さっさと行動を起こさなかった自分を戒《いまし》めるためにも、小百合と向き合わなければならないのだ。

シャワーを浴びに行く前にスマホを手にした瞬間、理生は跳び上がりそうになった。

「小百合からメッセージが届いてる!?」

すーはーと深呼吸し、アプリをひらいた。

「金曜日に理生と話をするまで、由香子のところに泊まります……って、え、何で……？」

通知は深夜に届いている。理生が酔って帰った頃だろうか。まったく気づいていなかった。

「そんなに俺と一緒にいたくないのかよ。俺が告白しても、やっぱりフラれるの確定じゃん……」

足元から崩れ落ちそうになったが、どうにか踏ん張ってバスルームに向かう。

確定なら確定で、やることがある。

自分を奮い立たせながら、理生は熱いシャワーを浴びた。

昨日に引き続き、驚異的な速さで仕事を終わらせた理生は、この日最後の商談を終えて電車に飛び乗った。時刻は午後八時半。ギター講師、吉田の仕事終わりに十分間に合う。

そう、いよいよ彼を待ち伏せするのだ。

吉田が講師をするのは週に一、二回だが、彼は様々なバンドのライブツアーに参加することがあり、その期間は月に一度ほどしか現れない。ホームページに掲載された吉田の予定を見ると、六月まではツアーがないらしく、火曜と水曜が講師の日となっていた。

小百合と話し合うのは明後日の金曜日だ。今日彼女は休みで、由香子の家にいる。小百合に見つかることなく吉田を待つには、水曜日の今日しかないのだ。

小百合の音楽教室がある駅で降り、ショッピングモールへ向かう。スプリングコートは必要ない、過ごしやすい気温だ。駅へ向かう人々とすれ違いながら、急ぎ足で進んでいく。

以前、小百合を迎えに行った場所、スタッフの出入り口が近づいた時。

ギターケースを手に持つ人影が見えた。暗がりの中、電灯の下を通り過ぎた彼を見て確信する。

（いた！　ギター野郎の吉田が！　よし、声をかけ――）

一歩踏み出した瞬間、理生の体が硬直する。

視線の先にいたのは吉田の後ろから現れた、理生のよく知る女性だった。

（さっ、小百合⁉　何で吉田と一緒にいるんだ？　乾さんの家に今日も泊まるって言ってたよな？　そもそも小百合は仕事が休みなのに、どうして……）

今朝、小百合からのメッセージを確認したばかりなので、間違ってはいない。

理生はそっと歩みを進めて、気づかれないようにふたりへ近づく。

「旦那さん、出張から帰られたんでしょう？　まだ話していないんですか？」

「話をする日は決めました。今度の金曜日です」

「やはり、僕が伝えたほうが良いのでは」

「いえ、私が言わなくちゃいけないんです。ですが、もしもの時は協力をお願いします」

「もちろん協力しますが、しかし――」

耳を疑う言葉の数々に理生の足取りは重くなり、とうとう植栽の陰で動かなくなった。

(何だよ、もしもの時って……。俺と話し合う時か？　それに今夜は乾さんじゃなく、吉田とどこかに泊まる予定だったのかよ？　わざわざ俺に嘘を吐《つ》いて？)

そこまで考えた理生は、ぐっと拳《こぶし》を握りしめてつぶやく。

「いや、勝手な妄想はやめるんだ。今こそ小百合と向き合う時じゃないのか？」

顔を上げた理生は、ふたりの様子に変化が起きたのを感じ取った。

「寺島先生、いや、小百合さん！」

「えっ、ちょっ、どうしたんですか、吉田先生」

小百合の戸惑《とまど》う声が届き、理生はたまらず駆け出す。吉田が小百合の腕を取って引き寄せようとしていた。

「僕はもう我慢できないんです……！」

「何が我慢できないんだ？」

吉田の服を思い切り掴《つか》み、彼を振り向かせて問う。

「え、理生……？」

小百合が小さく叫んだが、理生は彼女を見ずに吉田を睨《にら》みつけた。

ふたりがくっつくのを間一髪で阻止することができ、心の中で安堵《あんど》する。

「俺の妻に何をしてるんだ。その手を離せ！」

「イヤです」

まだ小百合の腕を掴《つか》んでいる吉田は、応戦するように理生を睨《にら》み返《かえ》した。

「離せって言ってるんだよ。たとえ小百合の気持ちが俺にはなくても、まだれっきとした俺の妻なんだからな！　俺には小百合を連れて帰る権利がある！」

「ちょっと理生、何を言ってるの？　私の気持ちって……」

そこでようやく彼女の顔を見ることができた。困り顔で理生を見つめている。

そう、小百合は困っているのだ、この状況に。本来ならこのあと吉田と一緒に過ごすはずだったのに、お邪魔虫が現れたのだから。

理生は恋の痛みに耐えながら、今の思いを口にした。

「小百合。前にも言ったけど、俺は小百合の幸せを一番に願ってるんだ。だから小百合が幸せなら、それでいい。でもちょっと待ってくれ。俺と金曜日に……話をするんだろ？　せめて俺の気持ちを聞いてから、俺がずっと、ずっと今まで小百合を想っていたことを知ってから、こいつとイチャついてくれよ……！」

みっともなくて情けない懇願《こんがん》だ。

理生は小百合から視線を外し、再び吉田の顔を見る。

「おい、ギター野郎！」

「ギター野郎って何ですか。僕は吉田です」

ようやく小百合の腕を放した吉田が、理生の前に来た。互いに視線を刺し合う中、理生は覚悟を決めて問いかける。

「吉田さん、あなたは……俺よりも小百合を幸せにできる自信はあるのか？」

「鈍そうなあなたよりは、あると思いますけど？」

「鈍そうって何だよ？　俺の質問にきちんと答えろ。俺は世界の誰よりも小百合を幸せにしたいと思っている。それくらいの覚悟はあるかって聞いてるんだよ！」

「だから今言ったじゃないですか！　あなたよりはあると思うって！」

「ふたり共、何の話をしてるの⁉」

突如、小百合が叫んだ。

言い合いをしていた理生と吉田は動きを止め、驚いて彼女を見る。

「私は、理生が好きなの！　何なのよ、ふたりして……！　私を幸せにできるかどうかって、どういう意味？　私の気持ちを無視して何を勝手に話を進めてるのよ。ふたりの気持ちだって直接聞いたことがないのに意味がわからない！」

「え？　え……？」

「ええ……」

理生のほうこそ、小百合の言う意味がわからず困惑した。一方、吉田は目の前で情けない声を上げている。

そんなふたりに背を向け、小百合はツカツカと歩き出した。

「いやあの……、小百合？」

「寺島先生……」

「ふたり共ついてこないで」

振り向いた小百合が、ジロリとふたりを睨《にら》んだ。

「私は忘れ物があってここに来ただけ。今夜も由香子のところに泊まります。明日、私は絶対にやらなければいけないことがあるの。その決着がつくまでは理生に会わない。吉田先生も心配しすぎないでください」

すうっと息を大きく吸い込んだ彼女は言い放つ。

「このあとは、ふたりで話し合ってください。私は忙しいんです。お先にっ……！」

そして再び背を向けて、呆然《ぼうぜん》としているふたりを置き去りに、行ってしまった。

「どういうことなんだ……？」

「僕のほうが聞きたいですよ。せっかくいい雰囲気だったのに……」

取り残された理生がつぶやくと、吉田が大きなため息を吐《つ》く。

小百合の言葉を頭で反芻《はんすう》しても理解が追いつかない。確かに「理生が好き」と彼女が言った気がしたのだが……？

「俺は、小百合が吉田さんを好きになったと思って、それを確かめにここに来たんだ」

「とんだ勘違いですね。僕は彼女を好きですが、彼女はそうじゃない」

「……勘違い？　マジで？」

思わず身を乗り出す。理生の勢いに後ずさった吉田が、仕方なさそうに答えた。

「鈍そうなあなたの寝首を掻《か》いてやりたかったんですが、無理でした」

「吉田さん。改めて、もう一度確かめたい」

小百合の気持ちが自分に向いていていても、そうでなくても、理生は心に決めていた。小百合にプロポーズした時から思い続けていたことを、彼にもう一度問いかけてみる。

「何でしょう？」

「小百合は俺が幸せにする。あなたは俺よりも、小百合を幸せにする自信があるのか？」

「さぁ……。彼女が幸せじゃなければ、僕がいくら努力をしたところで無駄でしょうから」

吉田が理生から視線を外した瞬間、勝利を確信した。

「なるほど。やっぱり俺以上に小百合を幸せにできる男はいないな」

「は……？」

「俺はそれをあなたに確かめに来ただけだ。だが、もう少し話を聞きたい。小百合も、あなたとふたりで話し合えと言っていたし」

誘ってみると、吉田がふうとため息を吐《つ》く。

「僕もあなたの話を聞きたいですね。ちょうど良さそうなところがあります。教室の生徒さんも来ない店ですので、いかがでしょう」

「ああ、ぜひ」

妙な展開となったが、この男が知る職場での小百合に興味があった。

吉田についていき、生演奏の聴けるバーに入る。

ジャズバーかと思ったがそうではなく、様々なバンドが二、三曲演奏しては入れ替わるものだった。ロック、アカペラ、スローバラード、クラシックなどが演奏されるそうだ。

そこそこの音量なので、周りを気にせず会話ができるのはいい。

始めは互いに相手の出方を待つ会話だったのだが、両者共に飲むペースが速く、すぐに酔いが回る。

「だいたいねぇ、鈍いんですよ！　僕がいくらアプローチをかけたって、ぜーんぜん気づかないんだから！　半年もやってりゃ普通は気づくでしょうよ！」

ジンロックを呷《あお》る吉田が愚痴《ぐち》を放つと、理生も負けじとハイボールを飲み干した。

「そんなもん、俺だって二年も前から同じ状態なんだよ！　あんたよりもっと長い片思いなんだから、俺の勝ちだな！」

「あははは っ、可哀想な旦那さんですね。結婚してもそんなんじゃ、上手《うま》くいくわけがないですね、ははは っ！」

バカ笑いをした吉田は、理生のグラスを指さす。

「旦那さん、もうグラスに何も残ってないじゃないですか。もう一杯頼みましょうよ。すみません、ハイボールひとつお願いします！」

店員に注文する吉田に向けて、理生は気になっていた彼の口調を指摘する。

「吉田さん、俺に対してはもうタメ口でいいから。俺の妻に言い寄ってるから、俺はあなたに対してタメ口でいくけど。俺らの一個上なんでしょ？」

「いや、普段から誰に対しても敬語なんで、もう治せません。ところで金曜日に話し合いって、何なんですか？」

ナッツをほおばりながら、吉田が尋ねてきた。

「何なんですかって……、吉田さんと小百合が話してたじゃないか。俺と小百合の別れ話を手伝おうとしたんだろ？『僕が旦那さんに伝えます』とか、吉田さんが言ってたのを聞いたけど？」

「それもあなたの勘違いですね」

「は？じゃあ、『もしもの時』って何なんだよ？」

酔っているせいか、何が何だかわからなくなってきたのは、吉田も同じようだ。

「話がこんがらがってきたので、先に教えてください。金曜日に何があるんです？」

「小百合に話がしたいと言われて、金曜日に約束してた。だからさっき彼女が『明日決着をつける』って言ったと思ったんだ。でも——」

「明日って木曜日ですよね？　あなたと決着をつけるとしたら明後日《あさって》なのに」

吉田が怪訝《けげん》な顔をする。

「そうなんだよ。だから変だと気づいた。だが『決着』って言われても他に思い浮かばなくて……」

確かに明日だと小百合は言った。それまでは理生と会わない、とも。いったい明日に何があるのだろうか？　そして金曜日に自分はフラれるはずだったのでは？

お代わりのハイボールを口にした時、目の前の吉田について疑問が浮かんだ。

小百合にその気がないのなら、吉田が彼女に近づくメリットがない。

「吉田さん、そもそもどうして人妻に手を出そうと思ったんだ？　俺が現れなかったら、小百合を抱きしめてたんだよな？」

思い出すだけでムカムカする。

すると吉田は、ふう、と大げさに肩で息を吐いた。

「僕だって陰から小百合さんを見ているだけで満足だったんです。でも、あの変な女が現れたから、僕が小百合さんを守ろうと決めたんです。旦那さんが、あの女にちょっかい出してるんでしょ？それが僕は許せなくて」

「小百合のことを勝手に名前で呼ぶなよ。ていうか、変な女って何だ？　俺が誰にちょっかいを出してるって？　そんな相手、俺にはいないが」

もちろん小百合以外の女性に手など出していない。もう二年以上、そうだ。

「小柄ですごい美人の女性です。いきなり教室に現れて小百合さんを呼び出したあと、彼女に難癖つけたんですよ」

吉田はぽつぽつと答え始めたと思うと、突然大きな声を上げた。

「僕はねえ、あなたとその女性が不倫関係だと思って、いてもたってもいられなくなったんです！」

ドンッとテーブルを叩《たた》いた彼に、理生は気圧《けお》される。と、同時に理生の頭にひとりの女性の姿が浮かんだ。

「……ちょっと、待て。小柄で美人？　その女の名前は⁉」

立ち上がり、吉田に掴《つか》みかかる勢いで尋ねる。

「うわっ、何なんですか、いきなり」

「いいから！　教えてくれ！」

「だから、小百合さんにいちゃもんつけてきた女性ですよ。佐々木美砂っていう、あなたの元カノだと言っていました」

「美砂が⁉」

いっぺんに酔いが醒《さ》め、理生の額《ひたい》に冷や汗が滲《にじ》んだ。

「そのことを、僕から旦那さんに伝えましょうかと小百合さんに言っていたんです。本当に何も知らなかったんですね」

「……俺は何も聞いてない」

「ひとまず落ち着いてください、ここに証拠があるんで。ええと……」

吉田は理生を椅子に座らせ、スマホを取り出した。そして音声録音アプリを起動し、イヤホンを理生に渡す。

言われるがまま、理生は耳にイヤホンをはめた。流れてきたものに耳を澄ませる。

それは小百合と美砂の会話の一部始終だった。

「何だよ、これ……」

あまりにもひどい美砂の言動に、怒りで体が震えてくる。小百合の心を思うといたたまれず、何も知らずにのほほんとしていた自分をぶん殴りたくなった。

「えげつないですよね。僕はそばで聞いていましたが、何度止めようかと思ったくらいです。小百合さん、よく我慢していました」

理生はテーブルに手をつき、頭を下げる。

「吉田さん、ありがとう。本当に……ありがとうございます」

「ちょっ、やめてくださいよ。僕は当然のことをしたまでなんで。他の社員がこういう目に遭《あ》っても同じようにしましたから」

慌てる吉田の顔を見た理生は、彼が悪い男ではないと信用した。

「佐々木美砂は確かに俺の元カノだ。でも俺は彼女と不倫関係なんかじゃない」

理生は吉田に美砂との過去や彼女の性癖について説明する。

「俺は二年以上、小百合一筋だ。小百合以外の女性は眼中にない」

「それを聞いて安心しました。しかし、面倒な女性と関わったもんですね」

吉田はやれやれと、ため息を吐《つ》く。

「吉田さん、この録音、絶対に消さないでくれ。お願いします」

「もちろんですよ。その音声は、小百合さんも録音しています。なので、僕と小百合さん、ふたりぶんの証拠があるんです。僕のも必要になったらいつでもおっしゃってください」

『もしもの時』というのは、美砂が再び因縁《いんねん》をつけてきたら、この証拠が助けになるという意味だった、と彼は説明を加えた。

「ありがとう、吉田さん」

再度礼を言いながら、理生はふと思いつく。

「もしかして、明日、小百合が決着をつけようとしている相手は――」

「まさかの佐々木さん……？」

理生は吉田と顔を見合わせた。

「だとしたらヤバいな。絶対に会わせたくない。実は、俺が勤める会社にも美砂が来たんだ」

「そうなんですか？　佐々木さんは、あなたに何と？」

「仕事の交渉に来ていたんだが、俺に会った途端、よりを戻したいと言ってきた。もちろんその場で断ったし、連絡先も交換していない。……小百合のところへ美砂が来たのはいつだ？」

「先週ですね。あなたは出張中だったはずです。佐々木さんがあなたのところへ来たのは？」

「出張から帰った翌日……、昨日だ」

アメリカ出張から帰ってきた日、小百合を抱きたいと迫ったが断られた。その時、彼女の様子がおかしかったのは、美砂との件を隠していたからか。

「何で小百合は俺に言ってくれなかったんだ」

「あなたに心配かけたくなかったんでしょうね」

「そう思わせてしまった俺が悪いのか……」

唇を噛みしめた理生は、ここでまたひとつ思い出す。

夫が留守に間男《まおとこ》が、などという妄想から、吉田と小百合が本当に連絡を取り合っていたと知り、絶望したことを。

「俺はてっきり、小百合が吉田さんのことで悩んでいるのかと……。マジで俺はバカだ！」

理生はビジネスバッグからスマホを取り出し、小百合の番号を呼び出す。

「小百合、頼む、出てくれ……！」

予想していたことだが出ない。留守電にすらならない。

メッセージアプリから電話をかけても同じだった。この調子ではメッセージも既読がつかない可能性がある。

「ダメだ。今から、乾さんの家に行って小百合を説得するか……」

とはいえ、家の場所がわからない。知久に聞けば知っているだろうか。昨日、乾とすぐに連絡を取り合っていた様子からして、理生よりも親しいはずだ。

「落ち着いてください。いくら小百合さんの友人だからといって、夜遅くに女性の部屋に押しかけるなんて大迷惑ですよ。それより、その友人の方に直接連絡はできないんですか？」

「あ、そうか！」

立場上、理生はプライベートのＳＮＳで繋がる人間を極力制限していた。女性は小百合と家族だけという慎重さだ。だが、結婚前に小百合の親友である乾とは、何かあった時のためにと小百合にすすめられて繋がっていたのだ。

「そうだな、乾さんにメッセージを入れてみる。絶対に小百合を美砂に会わせちゃダメだ。乾さん、頼む……！」

小百合に遠慮して電話は出ないだろうが、メッセージくらいなら読んでくれるだろう。既読がつかなかったら、その時はすぐに知久に連絡するしかない。

理生は必死にスマホをタップし、乾にメッセージを送った。

◇　◇　◇

由香子の部屋で膝《ひざ》を抱え、小百合は着信音が鳴っているスマホを無視した。横から、風呂上がりの由香子がスマホを覗き込む。

「電話くらい出てあげればいいのに」

「……ダメ」

スマホの電話番号に直接かかってきたあとで、メッセージアプリにも通話の知らせが届く。それも無視していると、しばらくして切れた。

ホッとしたものの、同時に寂しさが胸に広がる。

本当は理生の声を聞きたいし、彼の気持ちを知りたい。

でも今はダメなのだ。

「ほら、小百合が出ないから、私のところにメッセージが来た」

自分のスマホを確認しながら、呆《あき》れ声《ごえ》で由香子が言う。

「ごめん、由香子。でもこれは私の問題だから、理生を巻き込みたくないの」

理生と吉田を置いてきた小百合は、そのあとすぐに電車に乗った。混乱気味の頭を抱えて由香子の部屋に戻り、事《こと》の次第を打ち明けたのだが……

「そういうことをしてるから、話がややこしくなるのよ」

由香子はソファに座り、ふむ、と理生のメッセージにうなずいた。そして試すように小百合を見る。

「寺島くんが、何て言ってきたか気にならないの?」

「それは……気になる」

「素直でよろしい」

クスッと笑った小百合が、理生のメッセージを読み上げる。

「もし俺の勘違いじゃなければ、小百合が佐々木美砂に会うことを阻止してほしい。佐々木さんは危険人物だから、絶対に近づいちゃいけないと小百合に伝えてほしいって」

「そんなの無理よ。明日、佐々木さんと会う約束してるんだから」

「意地っ張りだよねえ……。それにしても寺島くんはどうやって、小百合が佐々木さんと会うことに気づいたんだろう? 小百合は何も言ってないんでしょ?」

「たぶん吉田先生じゃないかな。佐々木さんが私に会いに来たことを、理生に話したんだと思う」

「寺島くんが小百合たちのところに行ってから、結構な時間が経ってるよね? ということは、吉田先生と仲良く飲みにでも行って話してたの? さっきまでケンカしてたのに、男ってよくわからないわ」

おかしそうに笑う由香子に、小百合も苦笑する。

「小百合、お風呂入っておいで」

「うん、ありがとう。何日も居座ってごめんね」

「大丈夫よ、気にしないで。ごゆっくり」

由香子に促《うなが》されて立ち上がった。

「ねえ、小百合」

「ん？」

「寺島くんの気持ちって……、何だろうね？」

「っ！」

突然突っ込まれて、一気に顔が熱くなる。

「お風呂でゆっくり考えといで〜」

うふふと笑った由香子に見送られて、バスルームに向かった。

由香子はワンルームマンションにひとり暮らしをしている。年数が経ったマンションだが、綺麗好きな彼女のおかげで、レトロさがおしゃれな居心地の良い空間になっていた。お風呂も清潔《せいけつ》で無駄なものが一切なく、気持ちが良い。

小百合は乳白色の入浴剤が入った湯船に浸《つ》かりながら、理生の言葉を思い出していた。

——せめて俺の気持ちを聞いてから……、俺がずっと、ずっと今まで小百合を想っていたことを知ってから、こいつとイチャついてくれよ……！

「ずっと今まで小百合を想っていた、って。それはイコール私を好きって認識でいいの……？」

いやいやいや、と頭をプルプル横に振る。

（好きとは言われてないんだから、早とちりしちゃダメ）

しかし、理生の慌てっぷりからすると、先日の会話に疑問が生まれた。

（私、理生が出張から帰ってきた日、吉田先生が理生に佐々木さんとのことを話したと思って慌てたんだけど、それは違ったのよね？　だとすれば、『俺は傷つかない』の意味が違ってくる。私は、また佐々木さんのことで傷つく理生を見たくなかっただけなんだけど……）

理生が言ったのは「美砂とよりを戻しても俺は傷つかない」の意味だと思い、小百合は落ち込んでいた。佐々木が小百合に会いに来たあと、理生との関係に悩み、子づくりをする以外に自分が理生の妻でいる意味はあるのかとまで考えてしまった。だから理生に「抱きたい」と誘われた時も、排卵日が終わった自分とセックスしても意味がないと、断ってしまったのだ。

ふう、と深呼吸して、頭の中で話を戻す。

（そして私、理生と吉田先生の前で、とっさに『理生が好き』って言っちゃった。恥ずかしい……！）

羞恥《しゅうち》に襲われた小百合は、鼻の下まで湯船に浸《つ》かった。

（絶対に聞こえてたはず。でもその答えはどこに行っちゃったんだろう。というか、理生も吉田先生も呆気《あっけ》にとられた顔してた）

薄暗がりだったが、電灯の下で彼らの顔は、はっきり見えたのだ。

(吉田先生の気持ちも全然知らなかった。私のことを心配してくれてるだけなのかと……。吉田先生、私を抱きしめようとしたよね？　理生が来てくれて良かった。理生が来たのは、吉田先生が私を幸せにできるかどうか確かめたい、みたいな感じだった)

「ぷはっ。……ああ、どうしよう……」

湯船から出した顔を両手で覆《おお》い、何度目かの深呼吸をする。

「理生の気持ちを確かめたいけど、それは私が佐々木さんに会ってから。彼女に好き放題言われっぱなしで、引き下がれるわけがない。私は理生を好きなんだから、その気持ちを諦めたくないの……！」

気合を入れ直した小百合は勢い良く湯船を出て、頭からシャワーを浴びた。


翌日。由香子の家から出勤する。

「昨日、着替えを取りに帰っておいて良かった。連絡事項がないか教室にも確認に行けたし」

その時に、吉田と一緒に帰ることになり、理生が登場したのだ。

小百合はいつもと違う出勤風景を眺《なが》めながら、理生との結婚式を思い出す。

桜の花が満開の暖かな日だった。理生との関係も、春の陽気のように穏やかに続いていくと思っていたのに。

(自分の気持ちがここまで変わるなんて考えてもみなかった。ぼんやりしすぎていたんだわ、

私は)
明日からゴールデンウィークに入る。そうなれば、佐々木はどこかに出かけてしまうかもしれない。まさかとは思うが、理生を誘って連れ出そうとすることもあるだろう。それだけはイヤだ。
そう思って、小百合は彼女と会う約束を取りつけていたのだ。

小百合は定時で仕事を終え、佐々木のオフィスがある都内の駅前に来ていた。彼女がオフィスを出るのは八時近くになるというので、近くのカフェで軽く食事をしながら待つ。

「理生からメッセージが入ってる……。まだ気持ちが揺らいじゃうから見ないようにしないと」

彼からの通知をいったんオフにし、カフェラテを口にした。

オフィス街にあるカフェなので、この時間の店内は空《す》いている。小百合はノートパソコンをひらき、仕事の計画表作りに勤《いそ》しんだ。

八時前にカフェを出た小百合は、人通りの少ない待ち合わせ場所に赴《おもむ》く。だが、しばらく待っても佐々木は現れない。

「待ち合わせはここでいいのよね?」

スマホで確認したが、合っている。

「役員をしているそうだから忙しいのよね、きっと」

そして三十分経った頃。生温い風が吹いてくるのと同時に、後ろから声をかけられた。

「お待たせ〜」

「あ、佐々木さ――」

振り向くと、満面の笑みを見せている佐々木の横に、ガタイのいいスーツ姿の男性が立っている。

「こちらは同じ会社の横川《よこかわ》さん。私の同僚よ」

戸惑《とまど》う小百合に、佐々木が男性を紹介した。

「初めまして。横川と申します」

「……初めまして。寺島です」

ぺこりと頭を下げた横川という男性につられて、小百合もお辞儀をした。そしてすぐに疑問を口にする。

「佐々木美砂さん。私はあなたとふたりで話があるから、会う約束をしたんだけど、これはどういうことでしょう？」

「もちろん、『八雲』さんの話は聞くつもりよ。でも、あなたが一方的におかしな話をしてきたら困ると思って、証人を連れてきたの。第三者が入れば、私が言いがかりをつけられることもないでしょう？」

相変わらず小百合を「八雲」と呼ぶ佐々木はそう言って微笑《ほほえ》んだ。

一方的だの、言いがかりだの――すでに彼女の嘘がそこかしこに見られたが、ここで逆上しては相手の思う壺だ。

小百合も笑顔を作り、佐々木の言動をやり過ごすことにした。

「そうだったの。それでは横川さん、よろしくお願いします。早速、どこかに入ってお話を――」

「ううん、ここでいいわ。あなたと話すことに使うお金がもったいないから」

「そう。じゃあ始めるわね」

どこまでも小百合を蔑《さげす》んでくる彼女に、冷静な声で答える。

「あっ、待って。私から先に言わせて。あなたが先日、私に向かって罵倒《ばとう》したこと。横川さんに説明してからにしましょ？」

「え？」

「ほら、私があなたの職場に呼び出された時のことよ。あなたの旦那さんと浮気してるだなんて誤解をして、チビだの痩《や》せこけていて魅力がないだの、私が傷つく言葉のオンパレードを浴びせてきたじゃない？」

佐々木はさも、そのような事実があったかのようにペラペラと話す。

「私が傷ついて何も言い返せなかったのをいいことに、勝手に不倫しているという烙印《らくいん》まで押してきて……。私、怖くなって逃げ出したのよ、横川さん」

「それは、ひどいな……」

横川が苦い顔をしたのを、小百合は呆然《ぼうぜん》と見つめることしかできない。

「その時の会話を録音したものもあるわ。何が起きるかわからないと思って準備しておいたの。それが役に立ちそうで良かった」

「今日も録音しているのか？」

「ええ、もちろん。この前、彼女に迫られて本当に怖かったんだもの。横川さんも、あとで聞いてみてね」

佐々木の猫なで声にゾッとしながら、小百合は考えた。

小百合と吉田は会話の一部始終を録音していたが、彼女も同じことをしていたのだろうか。だとしても、会話の内容は佐々木が小百合を罵倒《ばとう》したものだ。彼女のこの自信は何なのだ。

「佐々木さん。録音したという会話を、今ここで聞かせてくださいますか？」

疑念がふくらんだ小百合は、声を振り絞って佐々木に尋ねた。

「イヤよ。それを利用して私の悪い噂を流すんでしょう？　八雲さんって本当に怖い。でも今日は横川さんがいるんだから、あなたのいいようにはさせません。横川さんはとても頼りになる人なの。力持ちでマッチョなだけじゃなくて、頭がいい切れ者なのよ。ね、横川さん？」

「買いかぶりすぎだ。おだてないでくれ」

「私は本気で言ってるの。横川さん以外の人は頼りにならないんだもの」

佐々木は横川にベタベタと触れているが、彼は気にも留めずに、黙って小百合を見つめている。

横川は佐々木の味方であり、彼女と一緒に小百合を責めに来たと思っていたのだが……

「あの、そろそろ私の話もいいでしょうか？」

「ええ、いいわよ？　嘘は吐《つ》かないでね」

小百合を威圧するように腕を組み、佐々木はこちらを見上げた。

「先日、私の教室に何のアポもなく、突然佐々木さんが来ました。その時に、私はあなたからひどい言葉を散々浴びせられましたが――」

「どうしちゃったの、八雲さん。それ、今さっき私が言ったことを丸々自分に置き換えているだけじゃない。焦《あせ》りすぎておかしくなっちゃったのかしら——」

「いいえ。都合のいいように置き換えたのはあなたです」

小百合は両手を握りしめて、きっぱりと言った。

「佐々木さんは私の背が高いことをバカにし、学生時代にあなたと夫が付き合っていた頃の夫の言動を、わざわざ私に話しました。夫は私のことを女としては好みじゃない、デカくてがさつな女だと言っていたと」

こちらを睨《にら》み上《あ》げる佐々木から視線を外さずに続ける。

「そしてあなたは、私の夫と別れたことを後悔している、今度夫を誘うと宣言しました。誘ったとしてもそれは不倫ではないと、ひらき直りましたよね？」

「嘘を吐《つ》かないで。私はそんなこと言ってないからね？」

佐々木は横川の袖を引っ張り、首をかしげた。横川は動じない。

「そこまで言われては、私も妻として引き下がれません。私は、理生と別れるつもりはありません。私は彼を好きで、ずっと彼の妻でいたいんです……！」

思いを告げると、佐々木はふふん、と鼻で笑った。

「理生くんは、あなたと結婚したことを後悔してるわよ？」

「彼と会ったんですか？」

「ええ、会ったわよ。私、仕事で彼の会社に通っているの。理生くん、私が声をかけたら驚いてたけど、すごく嬉しそうだった……」

彼女は恍惚《こうこつ》の表情を浮かべ、話を続ける。

「すぐに連絡先を交換し合って、次に会う約束もしてるわ。その時、彼は何て言ったと思う？もっと早く再会したかった。そうしたら、小百合とは結婚せずに美砂と結婚したのに……って」

「……」

「私のことを、昔と変わらず綺麗だと言ってくれたの。小百合は劣化してる、あいつと結婚したのは気の迷いだったって。あ、傷ついた？　でもこれ、本当のことだから」

「引き下がれませんって言いましたよね？　だから私、話を進めているんです」

佐々木は嘘吐《うそつ》きだ。だから今の話も信用できない。信じられるのは、理生が直接小百合に言った言葉だけだ。

「進めてるって、何を？」

「あなたがつい最近まで行なっていた不貞行為についての調査です。取引先の男性と……不倫していらっしゃいましたよね？」

うっとりしていた佐々木の表情が、険しいものに一変する。

「はぁ？　根拠のないこと言うなら、訴えるわよ？」

「根拠はあります。でも今はお話できません。ただ、事《こと》が進んでいるとだけ――」

「いい加減にしなさいよっ！　この嘘吐《うそつ》きっ！」

彼女が手を振り上げ、小百合がとっさに目を閉じた、その時。

「やめろ！」

突如響いた大声に、その場にいた者たちの動きが止まる。恐る恐るまぶたを上げると、小百合の前に立ちはだかる人の背中があった。

「り、理生？」

「小百合ごめん。またストーカーじみたことして。でも我慢できなかったんだ」

理生が真っ直ぐ前を向いたままで答えた。彼は走ってきたらしく、肩で息を切らしている。

「あ、理生くんっ……！」

焦《あせ》った佐々木の声が周囲に響く。

「違うのっ！　八雲さんに呼び出されて私、怖くてっ！　八雲さんが私を突き飛ばそうとしたから、やめさせようとしただけなのっ！」

ポロポロと涙をこぼしながら、佐々木は理生に抱きつこうとした。が、理生はそれを避け、さらに横川が佐々木の肩をがしっと掴《つか》んで、彼女の行動を阻止する。

「横川さん、ありがとう。助かりました、本当に」

「いえ、とんでもない。お役に立てて良かったです」

小百合を庇《かば》いつつ礼を言う理生に、横川が笑顔を見せた。

「ど、どういうことよ？　何で横川さんが理生くんと？」

佐々木が狼狽《ろうばい》気味《ぎみ》に尋ねた。小百合も何が何だかわからず、この状況に混乱している。

「寺島さんは、私の恩人ですので」

横川が小百合に向けて微笑《ほほえ》む。今までじっとこちらを窺《うかが》っていたものとは違う、優しげな瞳だ。

「恩人だなんて、相変わらず横川さんは大げさですね」

理生は小百合の肩をそっと抱き、安心させるように言った。

「彼とは以前、仕事の取引で知り合ったんだ。といっても、こうして会うのは久しぶりだけどね」

「ええ、寺島さんにお会いするのは久しぶりです」

「横川さんが転職した先を教えてもらっていて良かった。佐々木さんの会社を調べたら、聞き覚えのあるところだったんで思い出したんだ。すぐに横川さんに連絡を取って確認したらビンゴ。佐々木さんと同僚だと知って、今日一日、彼女を見張ってもらうように頼んだんだ。俺が有休取ってでも見張りたかったけど、だとしても、会社にいる彼女の行動まで把握できないからね」

「今日、商談はなかったの？　仕事は大丈夫だった？」

話し合いを金曜日にしたのは、理生の仕事が理由だ。

「ああ、商談を無事に終わらせてすぐにこっちへ飛んできた。横川さんが逐一《ちくいち》連絡を入れてくれていたが、それでも気が気じゃなかったよ。もし横川さんがいなかったら俺、商談を棒に振ってたかもしれない。それほど、小百合を彼女に会わせたくなかった」

そう言いながら、理生は佐々木に向き合った。

「美砂……、いや、佐々木さん。君の行いは大学の頃からみんな知っている。今もそうなんだろ？　君は俺を好きなんじゃなくて、『人のものになった俺』を欲しいだけなんだ。俺が結婚するまでは俺に一ミリも興味がなかったじゃないか。君と別れてから一切連絡も取り合っていないし、俺も君に興味はなかった。もちろん今も、ない」

「理生くんっ！　待って、違うのっ！」

「『人のものが欲しい』。ただそれだけのために誰かを傷つけるのは、もうやめてくれ」

小百合の肩を抱く手に力が入る。

「音楽教室に訪れた君と小百合の会話は、すべて聞かせてもらっている。小百合を罵倒《ばとう》し続《つづ》け、事実ではない俺との関係を勝手な妄想で吐き散らしている君の言葉も、全部ね」

「理生。それって、吉田先生が……？」

「ああ、そうだよ。昨日、証拠として録音内容を聞かせてくれた。彼、いい人だな」

優しくこちらに微笑《ほほえ》んだ理生は、次の瞬間厳しい表情に変わり、再び佐々木に向き合った。

「俺は小百合以外のものにはならない。一生そうであると決めて結婚したんだ。君がこれ以上小百合を傷つけようとすれば、俺は自分のすべてをかけて全力で君を阻止する。……その意味、わかるよな？」

理生の冷酷な声が、小百合の体にも響いた。自分に言われているわけではないのに、伝わった恐怖が小百合の体を震わせる。

「っ！　ひ、ひどい、みんなで私をハメたのね！　私は何もしていないのに。被害者は、私よっ！」

うわーんとわざとらしく泣いた佐々木の襟首《えりくび》を、横川がひっつかむ。

「行くぞ」

「えっ」

「会社に戻るんだ。あなたに聞きたいことが山ほどある」

「なっ、何を聞きたいのよ！　離してよっ！」

抵抗する佐々木を、横川は見下ろした。

「佐々木さんが嘘吐《うそつ》きだとわかったので、最近まで不倫をしていたという事実と、会社で起きた様々な問題について確認したい」

「まさか、あんな女の言うことを真に受けてるわけ⁉」

佐々木がジタバタしながら小百合を指さすが、横川は変わらず動じなかった。

「君の迷惑行為によって会社が揺らぐのは許せない。ここで拒否をするなら、すぐさま常務や社長にも連絡を入れるが？」

無慈悲な言葉を受けて、佐々木がぐっと押し黙る。抵抗を止《や》めた彼女は、やぶれかぶれな声を上げた。

「……わかったわよ。行けばいいんでしょ、行けばっ！」

「では寺島さん、奥様、失礼します。またご連絡しますので」

「ええ、お願いします」

「ありがとうございました。ほら、行くぞ」

横川は彼女の襟首《えりくび》から手を離し、今度は二の腕を掴《つか》んで、引きずるようにその場を去った。

「俺たちも行こうか」

「……そうね」

人通りの少ない場所だったが、時間が経つにつれてさらに誰も通らなくなった。遠くの車や電車の音がここまで届くほどに、静かだ。

「小百合、今夜は乾さんの家じゃなくて、俺と一緒にマンションに帰ってほしい」

「理生……」

「小百合と会うのは明日だったけど、もう会っちゃったしな。ダメか？」

申し訳なさそうな顔をして、理生が顔を覗き込んでくる。その瞳を見つめ返して、小百合は小さく首を横に振った。

「ダメじゃないよ。理生と一緒に帰る。由香子に連絡するから、ちょっと待って」

バッグからスマホを取り出し、由香子に電話をかける。メッセージよりも直接彼女の声を聞きたい。

『小百合？　大丈夫だった？』

通話に出た途端、由香子の心配そうな声が耳に届く。

「大丈夫。佐々木さんに、はっきり伝えたよ。由香子……理生に佐々木さんと待ち合わせた場所を教えたでしょ？」

理生の顔を見ながら問いかけると、彼はぎょっとして「いや、あの」と、あたふたし始めた。

『寺島くん、間に合ったのね』

「うん、私を守ってくれた」

良かった、と由香子がホッと息を吐《つ》く。

『昨日、寺島くんからスマホにメッセージが届いたじゃない？　小百合がお風呂に入っている間に、そこの場所と時間を返信したの。勝手なことしてごめん』

「謝らないで、由香子。こちらこそ心配かけてごめんね」

自分が由香子の立場なら、同じことをしていただろう。親友の優しさが胸に広がり、自分の身勝手さを反省する。

「今夜は理生と一緒にマンションに帰ろうと思って。荷物は明日取りに行くから置かせてもらってもいい？」

『もちろんよ。寺島くんと上手《うま》くいくといいね』

「ありがとう、由香子」

通話を切っても、まだ理生は焦《あせ》った顔をしていた。

「俺、昨日、乾さんにメッセージ入れたんだ」

「それは知ってた。でも、由香子がどういう返信をしたのか知らなかったの」

「小百合には秘密にしておいてって言われたんだけど、バレるよな。申し訳ない」

「由香子が私を思ってのことだもの。そんなことで怒ったりしないよ」

苦笑した小百合を見て、彼も同じ顔になる。

「帰ろう、一緒に」

「うん」

差し出された手を、小百合は素直に取った。

大きくて温かな理生の手が、小百合の手を優しく握る。久しぶりの彼の温《ぬく》もりに涙が出そうだ。

(私は理生が好き。この手を絶対に離したくない。その気持ちを彼にきちんと伝えよう。これ以上誤解が生まれないように、本当の気持ちを)

小百合は理生の手をしっかり握り返し、駅へ続く道を静かに見つめた。


佐々木と会話したのはたった十数分の出来事なのに、小百合は心身共にクタクタだった。

帰路で購入したサンドイッチを軽く口にしてからお風呂に浸《つ》かり、ようやく落ち着きを取り戻す。

理生も同じようにして風呂から上がった。

パジャマ姿のふたりは、どちらからともなくリビングのソファに並んで座る。

(昨日は勢いで言ってしまったけど、ちゃんと理生の顔を見て、私の気持ちを伝えなければ)

小百合は意を決して、隣に座る理生に向き直った。

「明日、理生に会って話すつもりだったの。聞いてくれる？　私、あなたのことが――」

「小百合、待ってくれ。俺から先に言わせてほしい」

真剣な顔でこちらを見た理生が、小百合の肩に手を置く。

「長い間、言えなかった思いを、小百合に伝えたいんだ。そのあとで小百合の話を聞きたい」

必死とも思える彼の声に、はっきりとうなずく。

「うん……わかった。理生の気持ちを教えて」

昨日は吉田がいた場所で、今日は佐々木や横川がいる前で、理生の想いは耳にした。だが、それは直接小百合に向けたものではない。

理生を見つめると、彼は眉根を寄せて唇をひらいた。

「俺は小百合が好きだ。結婚する前から小百合だけを想っていた。ずっと、ずっと……好きだった！」

「あ」

ふいに抱きしめられて声が漏れる。

「ずっとって、いつから……？」

パジャマ越しに伝わる理生の体温に体を預けた小百合は、彼の想いをもっと知りたくて尋ねた。

「結婚する二年くらい前だ。それまでも小百合のことは気が合うし、好きだと思っていたが、それは大切な友人としての気持ちだと思っていた。でも違うと気づいたんだ」

小百合の心臓は大きな音を立て続けている。すぐそばで聞こえる理生のそれも、同じように大きな音を響かせていた。

「小百合といると楽しい。もっとどこかに行きたい。もっと一緒にいたい。もっと会いたい、もっともっとって、気づいたら四六時中、小百合のことを考えてた。小百合なしではいられないくらい、好きになっていたんだ」

小百合を抱きしめる手に力が入る。

「でも言えなかった。小百合には当時付き合っている男がいたし、それを見守るだけで精いっぱいだった。小百合がその男の話をするたびに、心の中は嫉妬《しっと》にまみれてたんだけどさ。そいつに小百合がフラれたあとも告白はできなかった。傷ついた小百合につけ込むのがイヤだった……ってのは、格好つけすぎかな」

「理生は優しいもの」

そんなことないよ、と彼はつぶやき、続けた。

「俺、小百合との関係を壊したくなかったんだよ。俺が告白してフラれて、でも友人関係でいたいなんて都合のいいことにはならない。小百合は人が好いから許してくれるだろうけど……、元には戻れない。だったらこのまま友人として小百合のそばにいられれば、それでいいのかもしれない……。小百合にだけはヘタレなんだよ、俺」

小百合にだけは、という言葉を聞いて昔の理生を思い出す。

確かに彼は恋人と別れてもたいして落ち込みもせず、次の彼女を作るのに積極的だった。いつの間にかそういうことはなくなり、ここ数年女性の影すら見えなかったのは、理生が大人になったからだと思っていたのに。

(落ち着いたんじゃなくて、私をずっと好きでいてくれたからだなんて……)

理生の想いを聞くたびに胸が痛くて苦しくなる。嬉しくて幸せでときめきが止まらないのに、気づいてあげられなかった自分の鈍感さに嫌気がさすからだ。

「それで悩んでたら、いつの間にか今度は婚活して上手《うま》くいった、なんて小百合が言うもんだから、マジで後悔したんだ。だから俺、小百合の相談を聞いても、婚活相手のことはすすめてなかっただろ?」

「その相手は止《や》めろってテーマパークで言ってくれたのに、私が聞かなかったのよね」

「心の中では『俺にしておけよ、俺がいるだろ』って思ってた。俺なら不安にさせないし、俺のほうが絶対に幸せにできるって。だから婚活相手に小百合がフラれて嘆《なげ》いてた時、俺……お前には悪いけど、嬉しくてたまらなかった」

理生のやりきれないというような切ない笑みに、胸がきゅっと痛くなる。

「この機会を逃したら、もう二度とチャンスはない。そう思って小百合にプロポーズした。俺は本気だった。でも俺の本気に気づいたら、小百合は逃げ出すかもしれない。だから自分の気持ちを抑えて、軽い感じで結婚話を進めたんだ。……男らしくなくて、ごめん」

理生は抱きしめていた手を離し、小百合の両肩を掴《つか》んだ。小百合と視線を繋げ、再び心の内を口にする。

「俺は小百合が好きだ。誰よりも小百合の幸せを願ってる。その幸せは、俺のそばで掴《つか》んでほしいんだ。俺が小百合を幸せにしたい。だから一生、俺と一緒にいてほしい……！」

彼の言葉を黙って聞きながら、小百合はあふれる想いを受け止めていた。

「これが俺の想いだ。言いたいことは全部言えた。ドン引きされたかもしれないけど——」

「理生……っ！」

その広い胸に顔を押しつけて、彼をぎゅっと抱きしめる。

「さ、小百合？」

「私、自分の鈍さに呆《あき》れてる。理生がずっと私のためにしてくれていたことを、全然わかってなかった。私って本当にバカだよ……！」

ただ気が合うという理由だけで誘われているのだと思った。親友だから慰《なぐさ》めてくれる、楽しいから遊びに行く、だから忙しくても時間を空《あ》けてくれているのだと……

長いこと想ってくれた理生を、小百合が幸せにしてあげられるのなら、こんなに嬉しいことはない。

「私も理生が好き。大好きなの。……好きで好きでたまらないの」

「……本当に？」

「本当よ。私、友人として理生には幸せになってほしいって、ずっと思ってた。でも今は違う。私が理生を幸せにしてあげたい。誰にも理生を渡したくないの。理生が好きだから――」

言い終わる前に顔を上げさせられ、唇が重なった。

「んっ」

「ごめん、我慢できなかった」

目の前の理生が、はにかんだ笑みを見せる。

「嬉しすぎて、俺……いやほんとに、本当か？　昨日、吉田さんといる時にも聞いた気がするけど、あの場を収めるための言葉じゃなくて？」

「つい言っちゃったの。ふたり共、私の気持ちなんておかまいなしにケンカが始まったんだもの」

「ごめんな。そうか、そうなんだ……。嬉しいよ、本当に……」

もっと聞いてもいい？　と理生が顔を覗き込んできたので、いいよ、と小さな声で返事をする。

「小百合こそ、いつから俺を好きに？　結婚した時は、俺のこと男として好きってわけじゃなかったよな？」

「正直に言えば、そうね」

　彼の気持ちどころか、自分の気持ちさえわかっていなかったのだ。親友の言ったとおりである。

「理生のことは大切な友人として大好きだった。理生に幸せになってほしい。昔からそう思ってたの。だから、佐々木さんがまた理生を傷つけたら許せない、理生が可哀想すぎるじゃないって、ひとりで大泣きしちゃって」

「お、大泣き？　俺が出張中にだよな？」

「理生、大学の頃に佐々木さんのことで傷ついてたじゃない」

「まぁ、最初はな。彼女の本性を知ってからは、何とも思わなくなったよ」

　理生がため息を吐《つ》く。

「それでも、理生が彼女に未練を持っていたら、その気持ちは止められないと思うと悲しかったの。どうして私たち、佐々木さんに振り回されなきゃいけないのよーって、お酒を飲んで大泣きした。こんなに優しい理生を傷つけないでよって、もう怒りモードまで出てきちゃって」

　えへへと苦笑いしたが、理生は真剣なまなざしでこちらを見つめている。小百合の言葉をひとことも聞き漏らすまいという気持ちが痛いほど伝わってきた。

　だから小百合も笑みを消し、心の内を正直に告白する。

「泣いてるうちに、理生に会いたい、理生に抱きしめてほしい。そんな思いが止められなくなった。

そうしたら、あれ？　って。もしかして私……」

「俺のことを好きになっちゃった、って？」

「……好きどころか、大好きになってた。あっ」

言い終わる前に、ぎゅううっと彼の手に抱きしめられた。その力は、理生の気持ちと連動している。

「俺、小百合が恋愛をすっ飛ばして結婚したいっていうのに同意しただろ？　だから、小百合を本気で好きだと言ったら、小百合が困るだろうと思ってなかなか伝えられなかった」

「私も、理生に恋だの愛だのは面倒って言った手前、告白なんてできないって思い込んでたの」

小百合が何の気なしに言った言葉が、ふたりを縛りつけてしまっていたのだ。

「私は、吉田先生が佐々木さんのことを出張から戻った理生に話したんだって、勘違いしたの」

「だから慌てたのか」

理生は驚いて体を離し、顔を覗き込んできた。

「吉田先生はずっと、旦那さんに僕から話しますよって言ってくれたから。私は理生がまた佐々木さんに騙《だま》されて傷ついたらどうしよう、と思って……」

「それで傷つくかどうか俺に聞いたのか？」

「そうなの。でも理生が『俺は傷つかない』って言ったでしょ？　てっきり佐々木さんとよりを戻しても傷つかないっていう意味なんだと思って……」

「何だよ、そういう解釈してたのか……！　いや、全然違うから！」

理生は首を横に振ったあと、ふっと気が抜けたように笑った。

「俺は俺で、小百合が吉田先生とくっついたから、俺が傷つくと言ってたんだとばかり思ってたんだ。お互い、壮大な勘違いをしてたんだな」

「そうみたいね。ちゃんと理生に確かめれば良かったのに、聞くのが怖かったの」

小百合も力が抜けてしまい、彼の体に寄りかかる。

「俺も。いよいよ小百合にフラれるんだと思ったら、怖かった」

「うん……」

お互い相手の気持ちを探りながらの状態で、上手《うま》く聞けなかったようだ。自分だけではなく理生も不器用なのだと知り、ますます彼が愛《いと》おしくなる。

「吉田さんが録音したものを聞いたよ。ひどい言葉だったな。イヤな思いをさせてごめん」

「理生のせいじゃないんだから謝らないで」

「佐々木さんが言った俺の言葉はすべて嘘だ。小百合に対してあんな侮辱的《ぶじょくてき》なことを言うはずがない。本当に……許せないよ」

「大丈夫。理生がそんなことを言うわけがないってわかってたもの」

ここまで話したのだからと、すべてを理生に伝える。

「理生が来る直前に、佐々木さんの不倫について調査してることを彼女に話したんだ」

「横川さんが最後に怒りながら言っていたな。本当に、彼女は変わってなかった」

理生が上げたのは落胆の声ではない、すでに佐々木に対しては何の感情も持ち得ないようだった。

「不倫行為をしていたというのは由香子からの情報。でも私が調査をしているのは嘘なの。これ以上、理生にまとわりついたら本当に調査を依頼するつもりだったんだけど、発破《はっぱ》をかけたら逆上されて、そこに現れた理生が止めてくれた」

横川が止めたかもしれないが、駆け込んできた理生の背中にどれほど安堵《あんど》したかわからない。

「横川さんは元々、理生の知り合いだったの？」

「ああ。彼が前の職場にいた頃、うちの取引先だったんだ。たいしたことじゃないんだが、俺が彼のピンチを救ったことがあって、未だにそれを恩に感じてくれている。律儀な人だよ」

大学卒業後からずっと、理生の仕事の話は聞いていた。真面目で人当たりの良い彼の仕事ぶりから、横川が恩義を感じても不思議ではない。

「小百合が佐々木さんと会うと知って、社内の担当に彼女の会社について詳しく聞いた。そこで横川さんのことを思い出して、彼に連絡したんだよ。事情を話したら、彼女を見張ることに快諾してくれた。それが昨日の話だから、ギリギリで俺も焦《あせ》ってたけどね」

美砂と呼び捨てるのを止《や》めて、小百合に気を遣う理生の気持ちが嬉しかった。

「もし横川さんに頼めなかったら、本気で俺が小百合を止めに行こうとしてた」

「私の決意を応援してくれなかったの？」

「それは違う！　小百合のことは信用してる。小百合の気持ちもわかる。でもそれ以上に、彼女は危険だから近づいてほしくなくて！」

理生が慌てて否定する。必死な彼が愛《いと》おしく、罪悪感が同時に浮かんだ。

「冗談よ。本当は私が謝らなくちゃいけないの。実は佐々木さんのこと、もっと前に由香子から聞いてたんだ」

茜が親切に教えてくれたのに。由香子も心配してくれたのに。

小百合はそれを「仕方がない」で済ませようとしていた。それがそもそもの間違いだったのだと、彼に説明する。

「理生に早く伝えなかった私がいけないの。心配させてごめんなさい。お仕事にまで影響を及ぼしていたら私、理生に会わせる顔がなかった」

「俺が決めたことだから小百合が負担に思わないでいいんだ。とにかく小百合が無事で良かったよ」

「ありがとう、理生」

視線を合わせ、お互い微笑《ほほえ》む。

「俺たち、これで本当の夫婦になったんだよな？」

「そうね。すでに結婚してるし、本当の夫婦ではあるんだけど。心から夫婦になれたんだと思う」

「じゃあ早速、真実の愛を確かめ合おう」

「えっ？」

理生に優しく押し倒される。

「り、理生」

ソファの上でのしかかってきた彼の表情は真剣そのものだ。小百合の体がゾクリと期待に震える。

「俺、幸せすぎて頭が変になりそうなんだ……。正気に戻るには、もっと小百合を感じないとダメみたいだ」

「どういう理屈なのそれ、待って、あっ」

耳たぶを甘噛みされながら体を撫《な》でられる。理生は本気なのだ。

「……ここでするの？」

「少しだけだから」

小百合を求める視線に逆らえず、まぶたを閉じた途端に深く唇を奪われた。

「んっ、んうっ」

小百合の舌は彼に吸いつかれ、絡《から》められ、引っ張られる。何もかも食らい尽くそうとする理生の勢いに呑まれるうちに、頭がぼうっとしてきた。

長いキスの終わりに、ようやく言葉を発する。

「あ……理生……ダメ」

「ダメって言われると余計止められない」

パジャマの裾《すそ》から手を入れてきた理生は、ブラごと小百合の胸を揉《も》みしだいた。

「恥ずかし、い……。ねえ、ちゃんと窓、閉まってるよね？」

ソファからリビングの窓へ目を向ける。

先ほど換気のために窓を開《あ》け、しばらくそのままでいたのだ。閉めた覚えはあるが急に気になり始めた。

「さぁ？　どうかな？」

「意地悪、言わないで、あっ！」

首筋に彼の唇が這《は》い、めちゃくちゃにキスを落とされた。

「んふっ、あ、ダメって、……んっ、ん！」

小百合はとっさに両手で自分の口を塞《ふさ》ぐ。

もし窓が少しでも開《あ》いていたら、もしこの喘《あえ》ぎ声《ごえ》が外に聞こえていたら、このまま理生とここでセックスしてしまったら……

恥ずかしすぎる想像に感じてしまう自分もいて、何が何だかわからない。

小刻みに震えながら、キスの嵐を浴び続ける。そんな小百合を見かねたのか、理生が体を起こした。

「やっぱりベッドに行こう」

「う、うん」

「そっちのほうが安心して乱れそうだもんな？」

ニヤリと笑いかけられて、何だか悔しくなる。

「……ほんと、意地悪なんだから」

「小百合、好きだよ」

「きゃっ」

乱れた姿の小百合を理生は抱きかかえ、窓のほうに彼女ごと向いた。

「ほら、窓もカーテンもちゃんと閉まってる。安心して大きな声出していいぞ」

「もう……！」

トンッと理生の胸を叩《たた》くと、彼が楽しそうに笑う。そのままリビングを出て廊下を進んだ。

「結婚式の時も、お姫様抱っこしたよね」

「あの時も俺、我慢できなかった。小百合が綺麗すぎて興奮しちゃってさ」

小百合を抱く理生の手に力が入る。

「小百合はまだ俺のことを好きじゃない。でも絶対に幸せにする。小百合に告白できる時がくれば嬉しいって、何かひとりで盛り上がってた」

「私だってね、理生じゃなければあんなふうにプロポーズされても、その気にならなかったよ？」

「そうなのか……？」

「ずっと前から気兼ねなくいられたし、理生と一緒ならいつも楽しかったから。こんなに優しい人の子どもを産んでみたいとも思ったし」

「それってもう、とっくに俺のことが好きだったんじゃん」

「え……」

確かに、その人の子どもが産みたいなどと、好きでもない人には思えない。少なくとも小百合はそうだ。

婚活相手にフラれた時、すぐに立ち直れたのは、そこまで相手を想っていなかったから。子どもは欲しかったが、心から婚活相手の男性の子どもが欲しかったかと問われれば、今となっては疑問しか湧かない。

「そうね。理生の子どもなら私、すごく欲しいって思ったから」

「小百合は鈍いからなぁ、驚異的に」

理生がため息を吐《つ》いたと思ったら、次の瞬間、口の端を上げる。

「鈍い小百合には、俺がどんなにお前のことを好きなのか、これからよーく知ってもらうからな？」

寝室に入って電気を点けた理生は、小百合をそっとベッドに下ろした。

「何する気なの？」

「今夜は眠らせないってことだよ。限界まで小百合を抱く」

「あ……」

理生は優しく丁寧に小百合のパジャマと下着を脱がせ、自身の着ているものもすべて脱いだ。電気は消してくれない。

「久しぶりで恥ずかしい……。あんまり見ないで」

じっと見下ろしている理生の視線から逃れるために両手で胸を隠す。

「見たいんだ。小百合の肌ってさ、本当に綺麗なんだよ。いつまでも触っていたい。それもずっと言いたかった」

「理生」

「俺、幸せだよ。心のままに小百合に伝えられて」

胸を隠す両手を掴《つか》まれて、理生が指を絡《から》ませる。

「私も……、幸せ。好きな人と、こうしていられるのが……」

うん、と切なげに微笑《ほほえ》んだ理生の顔が迫り、唇が重なった。

「んっふ……んんっ」

徐々に深くなるキスを受けていると、理生が片手を離し指で小百合のナカをまさぐる。すでに濡れていたそこが、くちゅくちゅと水音を響かせ、気持ち良さが一気に駆け上がってきた。

大好きだよ、と耳元でささやかれ、彼の指で弄《いじ》られるたびに限界が近づく。早すぎると思っても体は欲のままに立ち止まってはくれない。

「あっ、あ……っ、理生の指で、私、もう」

「いいよ、イケよ、ほら……小百合」

「んあっ、んん～～っ！」

低い声で命令されてあっという間に達した瞬間、またキスで唇を塞《ふさ》がれた。

口の中も、足の間も、とろとろに溶かされる悦楽に浸《ひた》りながら体を震わせる。

「っは、はぁ……あぁ……理生、上手《うま》すぎ……」

「満足してもらえて嬉しいよ。俺ももう、限界」

「え……」

「いいよな？」

ぼうっとする間もなく、理生の大きく硬いモノに、ひくついているそこが貫《つらぬ》かれた。

「はうっ！　あっ、まっ、まだイッたばっか、りっ」

頭の奥まで快感が走り抜け、目の前が真っ白になる。

「……あぁ、ぬるぬるで気持ちいいよ、小百合」

パンパンと激しく腰を打ちつけてくる理生が、快感に顔を歪《ゆが》ませて言った。

「こんないきなりっ、ダメ、あんっ、ああっ、恥ずかし、いっ」

「俺に感じてこんなに濡れて熱くなってるんだろ？」

「そ、だよ、っ、理生がイイからっ」

理生の背中に手を回し、しがみつきながら喘《あえ》いだ。そんな小百合の首すじを彼は甘噛《あまが》みして、心の内を告白する。

「好きだよ、小百合、俺、小百合が好きなんだ……！」

「私も、理生が好きっ、大好きっ」

必死な理生の言葉が嬉しくて、応《こた》えるように彼のモノをぎゅっと締めつけた。

「もっと突いて、お願い……っ」

「あ、締めすぎだよ、小百合っ」

小百合の足を大きくひらかせた理生は、遠慮しないとばかりに熱い肉棒で小百合の蜜奥を激しく突く。

「あぁ、あ、あぁっ～～っ」

「小百合、小百合っ」

「り、理生っ、私……っ、また……っ」

「俺も、もう出そうだ……！　一緒にイこう、小百合」

「んっ、うんっ」

肌に滲《にじ》む汗を絡《から》ませながら、小百合はまぶたを上げて理生の顔を見つめた。気づいた彼が、目を細めて想いを告げる。

「小百合、愛してるよ、ずっと愛してる……！」

「私も、理生だけ、愛してるっ、あっ、イッちゃ、ううっ」

幸せな気持ちが広がり、呼応《こおう》するかのように、繋がるそこが快感にわななないた。

「俺も、イクぞ、小百合のナカに……っ！」

ああ、と熱く吐息した理生が、痙攣《けいれん》する膣奥に精液を吐き出す。強く抱き合いながら、小百合は愛の悦楽《えつらく》に浸《ひた》るのを止められなかった。


心まで満たされた情事のあと、裸のままベッドで肌を寄せ、まどろむ。

ぽつぽつと他愛ない会話をしながら、小百合は思い出したことを理生に話した。

「理生の会社に佐々木さんが来たこと、追分くんが由香子に教えてくれたの」

「知久が？」

「理生、佐々木さんの誘いをきっぱり断ったんだってね。理生は彼女と連絡先も交換してないし、よりを戻すつもりもないから心配しないでねって、伝えてくれた。由香子も追分くんも、お互いのいい親友だなって改めて思ったの」

「そうだったのか……。俺たちは恵まれてるな」

理生が小百合の肩をぎゅっと抱く。

「うん、幸せね」

「幸せだな。ということで、もう一回キスしていい？」

またもどういう脈略なのかわからないが、理生が小百合の体にのしかかってくる。

「聞かなくてもいいのに。いつでもキスして、理生」

素直な気持ちで微笑《ほほえ》むと、理生も嬉しそうに笑った。

「ありがとう、小百合」

「んっ、んん……」

軽いキスが、少しずつ深くなっていく。

(理生とキスするのが好き。抱かれるのはもっと好き……。理生の何もかもが大好き……)

再び、体がとろけそうになっていくのを感じた。

「もう一回、したい。いい？」

「どうして、また、聞くの……？」

「小百合に嫌われたくないから」

そう言って、理生は恥ずかしそうに口を引き結んだ。彼を愛しく思う気持ちが急激にあふれてくる。

「一度も理生のことを嫌ったりなんてしたことない。だからいいの、もう。遠慮しないで、たくさん奪って」

理生を抱きしめてから、その頬を両手で包み込む。

大好きの気持ちを込めて、ずっとそばで見つめていてくれた大切な人に。

「小百合……！」

愛が伝わったのか、理生は小百合の体中にキスを落とし、恋情の言葉を降らすのだった。

◆　◆　◆

こんなに幸せなことがあるだろうか、いやない。

運転席に座っている理生が、ひとり心の中で問答しながらニヤけていると、助手席のドアがひらいた。

「お待たせ。ごめんね～」

「大丈夫だよ。もう他に忘れ物はない？」

「たぶん……」

隣に座った小百合はシートベルトを締め、不安げに前を見つめる。その横顔も可愛い。

ゴールデンウィーク最終日の今日は、理生の実家に行くことになった。すでに小百合の母は遊びに来ているらしい。こんなふうにお互いの家族を交えて会うのは結婚式以来なので、小百合も楽しみにしていたのだが――

理生の車で出かけるために駐車場に着いた途端、小百合が忘れ物に気づいた。それを二度繰り返したのだ。

「珍しいな、小百合が二度も忘れ物するなんて」

「何か最近、ボケてるんだよね」

「仕事が忙しいんじゃないか？」

「そうでもないんだけどな……。あ、出発して大丈夫よ」

「オーケー」

車を発進させ、マンションの地下駐車場を出た。

初夏の眩《まぶ》しい光が街に降《ふ》り注《そそ》いでいる。明日から仕事や学校が始まるとあって、旅先や実家などから人が戻っているのだろう。道行く人の数が多い。

理生は小百合とゆったり過ごしたゴールデンウィーク中のことを思い出し、再び口元を緩ませた。

小百合に想いを告げ、彼女も自分を好きになってくれたと知った、あの日から数日。

理生は毎日、毎晩、小百合に愛をささやき、彼女を抱いた。

(ゴールデンウィーク中、ほぼ毎晩、いや昼間も小百合を求めてしまった……。こんなに連続でヤッたのって、生まれて初めてだな)

出張も仕事も休み前にしっかり終えていたため、小百合と連日べったり過ごせた。ふたりの間にあった問題が解決したことも、理生の行動に拍車をかけたのだ。

(有意義な休日だった。朝目覚めれば小百合が隣にいて、遅めのブランチをとって、午後は公園で散歩をしたり、ショッピングを楽しんだり、それがない日は昼間っから抱き合ったり。ふたりで夕食を作って、食べて、一緒に風呂に入ってイチャイチャして……）

我慢ができずに、そのままバスルームでセックスした日もある。

（これが蜜月ってやつなんだな……）

またもや、ひとりニヤけが止まらない理生に小百合が話しかけてきた。

「この車、乗り心地が良くて好きよ。理生って運転上手よね」

「そうか？　ありがとう」

彼女の言葉から、理生の妄想が始まる。

（そのうち子どもができたら、この車じゃ手狭だな。大きいミニバンでも買うか。パパー、ごはん食べに行こう～！　……なんてな。いや、その前に赤ちゃんだ。可愛いだろうな、俺たちの子ども――）

赤信号で停まったので、小百合の横顔をチラリと見る。気づいた彼女が顔を上げた。

「ねえ、理生」

「ん？」

「うちのお母さんが、イカとかぶの煮物を持っていったらしいんだけど、理生は食べられる？」

「ああ、好きだよ」

「良かった。私も好きなんだ」

嬉しそうな小百合の顔を見つめると、幸せな気持ちが体のすみずみまで広がっていく。喜びに震えそうになる体を抑えて前を向き、ハンドルを握り直した。

青信号に変わった道を再び運転しながら、理生の妄想は続く。

（男が生まれたら一緒にサッカーしたいな。野球でもいい。アウトドア系もいいな。早速キャンプに連れていこう。女の子が生まれたら、俺……、どうなるかわからない。絶対に怒ったりできないだろうな。パパ〜なんて言われたら、何でも買ってあげちゃいそうだ。ていうか、嫁には絶対に行かせん……！）

小百合とそっくりに成長した娘が、どこかの知らない男とくっつくのを想像して、メラメラと闘争心が湧いてきた。

「ふう……」

「どうしたの？　疲れちゃった？」

「いや、全っ然！　煮物が楽しみだなと思ってさ」

妄想で疲れたとは言えず、慌てて否定する。

「そんなに好きなんだ？　お母さん喜ぶよ」

「小百合」

「何？」

「大好きだよ」

前を見つめたまま口にする。

「な、何、急に……」

「煮物も好きだけど、小百合も好き」

焦《あせ》る気配を隣に感じて、理生は笑いながら言った。

「ちょっと、煮物と一緒にしないでよ～。私、食べ物じゃないんだから」

「食べたいくらいに大好き。今夜も食べるか、小百合のこと」

「も、もう……！」

ああ、幸せだ。

この休日中に何度そう思ったことだろう。素直に心の内を小百合にささやくのが快感になっている。

ただ、気がかりなことはあった。ゴールデンウィーク前のゴタゴタについて、理生はすっきりしていない。吉田のことはさておき、もうひとり——佐々木については、横川と密に連絡を続けなければならないだろう。

ふと、小百合の口数が減っていることに気づく。彼女も佐々木とのイヤな出来事を思い出してしまったのだろうか。

大丈夫だよ、と声をかけようとした時、弱々しい声が届く。

「何か、酔っちゃったみたい。気持ちが悪い……」

「大丈夫か？　もうすぐ着くけど、どこかに停めようか？」

「……ううん。理生の家で少し休ませてもらってもいい？」

「もちろんだよ。シートを倒して横になる？」

「……ん」

理生は手元のスイッチで助手席のシートを倒した。彼女のぐったりとした気配が伝わってくる。

（もしかして、いや、もしかしなくても俺が疲れさせたのか。嬉しくて欲望が止まらなかった俺に、小百合は無理して付き合ってくれてたんだ。浮かれてる場合じゃないだろ、俺のバカ、アホ、マヌケ……！）

自分で自分の顔を張り倒してやりたい衝動に襲われながら、小百合の具合がこれ以上悪くならないよう、慎重に運転を進めた。


間もなく、住宅街に建つ理生の実家に到着した。車から降りた理生はインターフォンを鳴らし、駐車場のシャッターを開《あ》けてもらう。

車を駐車スペースに停めた理生は、小百合の顔を覗き込む。

「どう？　降りられる？」

「うん、何とか」

ゆっくりと起き上がった小百合がドアを開《あ》けた。急いで理生も降り、彼女の荷物に手をかける。

「バッグ持つよ。あとはお土産《みやげ》かな」

「ごめんね……」

「気にすんなって。ゆっくりでいいからな？」

理生の腕に小百合を掴《つか》まらせて歩く。うつむいている小百合は儚《はかな》げで、理生の胸が痛んだ。

（自分が守らなければいけない存在なのに、俺が調子を悪くさせてどうするんだよ。ごめん、小百合）

玄関ドアまでが遠い。すっきりと美しい庭園だが、今日ばかりはその広さを恨んだ。

「ただいま」

鍵を開《あ》けて入ると、満面の笑みで母が待ち構えていた。

「お帰りなさい！　小百合ちゃんっ！　会いたかったわぁ～！　うちの嫁っ！」

「理生ママ……、結婚式ではありがとうございました」

理生から離れた小百合は、その場でお辞儀をする。

「こちらこそありがとうございました。素敵なお式だったわ。……あら？　顔色が悪いわね」

気づいてくれた母に、理生は横から説明をした。

「ちょっと車に酔ったみたいなんだ。寝かせてあげたいんだけど、いい？」

「あらやだ、もちろんよ！　和室にお布団敷くから、その間、ソファに座らせてあげて！」

「ごめんなさい……」

か細い声で小百合が謝る。

「いいから、いいから。あっ、小百合ママ～！　ちょっと来て～！」

理生の母は素早く移動し、布団を用意して、和室を整えてくれた。

横になった小百合に、彼女の母が心配そうに声をかける。

「珍しいわね、小百合が酔うなんて」

「ん……。何だか、急にめまいがしちゃって」

そういえば、小百合が車に酔ったのを見たのは初めてだった。車も電車もバスも、何なら遊園地の乗り物にも彼女は強いのだ。

(マジで反省しなければ。しばらく小百合の体を求めるのは禁止だ)

理生の母が和室に戻ってくる。小百合のそばにトレイと洗面器、ビニール袋などを置いた。

「お白湯《さゆ》ここに置いておくから、良かったら飲んでね。吐きたくなったら遠慮しないで吐いて。気にしないで寝てるのよ？」

「……はい」

目をつぶる小百合を見届け、和室を出た。


リビングに入った途端、母に詰《つ》められる。

「理生、あんた乱暴な運転したんじゃないでしょうね？」

「いや、ひとりで乗る時より慎重に運転したんだけど……、連休で疲れさせたんだと思う」

さすがにセックスしまくったとは言えず、言葉を濁《にご》す。

「理生くん、気にしないで。生活環境が変わったせいもあるのよ、きっと」

小百合の母が苦笑した。

お茶を淹《い》れるからと母に促《うなが》されて、ソファに座る。理生はひとりがけ、小百合の母は三人がけの端に腰を下ろした。

大きな窓の向こうは初夏の緑が眩《まぶ》しい日本庭園だ。先ほどは恨めしかったが、整った庭を見ているといくらか心が落ち着く。

「改めて、結婚式では、ありがとうございました」

「こちらこそありがとうございました。小百合はどう？　しっかりやってる？」

「もちろんです。俺にはもったいないくらいの素晴らしい奥さんですよ」

「ありがとう。理生くんにそう言ってもらえると、安心だわ」

優しく微笑《ほほえ》んだ表情が、小百合に似ている。小百合の顔は母親似、身長は父親譲りだ。理生は父親、母親どちらにも少しずつ似ている。

「お待たせ。飲みましょ」

母がお気に入りの紅茶を運び、ローテーブルに並べた。

彼女は小百合の母の隣に座り、みんなで紅茶を飲む。香りの良いダージリンティーだ。

ひと息吐《つ》いたところで、理生は小百合の母に向き直る。

「今日、小百合は出がけに珍しく二度も忘れ物をしたんです。その時から体調が悪かったかもしれないのに、俺が気づかなくて……本当にすみません」

「理生くんが謝ることないって。でも確かに変ねえ……。風邪気味でも乗り物酔いなんてしたことがないし、慎重派だから忘れ物もしたことがないのに」

小百合の母が首をかしげると、理生の母がハッとした顔で言った。

「ねぇ、もしかして、もしかするんじゃないの？」

「えっ、まさか……。早速？」

彼女らは顔を見合わせ、何かに気づいたようだった。

「早速って何が？」

「早速は早速よ～。理生、ガツガツしすぎたんじゃないの？　まったくこれだから男は……」

「人によっては、検査結果がわかる前から体調が悪くなるらしいしね。可能性はなきにしもあらず、だわ」

理生が尋ねても、ふたりだけが納得していて、意味がわからない。

「はっきり教えてくれよ～。男にはわからないこと？　俺がガツガツしすぎって何？」

「仲がいいのは親としても喜ばしいことよ」

「ほんと、ほんと」

ふふ、とふたりは嬉しそうに笑っている。

入れる余地がなさそうな雰囲気にふてくされていると、母がニヤリと笑ってこちらを見た。

「鈍いわねえ。赤ちゃんができたんじゃない？　ってことよ」

「……え。ええっ、えええーっ！」

思ってもみなかった展開に、思わずソファから立ち上がる。

理生を見上げた小百合の母が、ふむ、と思案げにうなずいた。

「結婚式から一ヶ月半くらい？　でもまぁ、その前から致してるんでしょうから、おかしな計算じゃないわよね」

「急に結婚したいって言うもんだから授かり婚かと思ったんだけど、その時は違ったのよね？　ということは、結婚決まってすぐくらいから避妊しなかったんじゃないの？　理生、小百合ちゃんの同意のもとでしょうね？」

じろりと母に睨《にら》まれた。

「いやっ、もちろん同意のもとだよ。それはそうだろ……！」

いくら小百合を自分のモノにしたいからって、無理やり挿入した挙《あ》げ句《く》に中出しなど言語道断であり、そんな男に成り下がるのは自分自身が許さない。

「さっきも言ったけど、妊娠検査薬がまだ使えない、反応しない早期でも、体に異変を感じる人はいるのよ。私の時もそうだったわ。妊娠がわかる前から急に食べ物の好みが変わったり、ダルくなったりしたの」

「私はつわりが来るまで気づかなかったなぁ。人それぞれよね」

母たちは昔を懐かしむように微笑《ほほえ》み合《あ》う。

「赤ちゃん……。俺が父親……」

急に現実が迫ってきた理生はひとりぶつぶつと言いながら、ソファに座った。

「ヤバい、嬉しすぎる……っ！」

両手を握りしめて喜びを噛みしめる。

車中の妄想が妄想ではなく、手に入りそうなところにあるのだ。父親としての責任を負うことが嬉しくてたまらない。

「小百合のあの様子じゃ、たぶんそうだと思うわ。ぼんやりしたり、普段は酔わない車に酔ったり、明らかにいつもと違うもの」

小百合の母の言葉に、理生の母が勢い良く付け加える。

「私たちの初孫ね！」

「まだわからないけど、ワクワクしちゃうわね」

ふたりは手を合わせて喜んでいる。

そして「もう一杯お茶淹《い》れましょうか」と理生の母が立ち上がった時、リビングの扉がひらいた。

「お布団、ありがとうございました。ご迷惑をおかけしてごめんなさい」

小百合が申し訳なさそうに入ってくる。

先ほどよりも顔色が良くなっていることに、理生はホッとした。

「大丈夫？　もっとゆっくりしてていいのよ？」

「そうそう。まだダルいんじゃないの？」

ふたりの母の問いかけに、小百合がえへへと笑う。

「もう何ともないの。お腹《なか》が空《す》いて気持ちが悪くなったみたい。恥ずかしい……」

「そうか、でも無理はするなよ？」

理生は立ち上がり、小百合のそばに行く。

「うん、ありがとう。もう大丈夫」

「良かった……」

ニコッと小百合が笑った瞬間、思わず抱き寄せてしまった。小百合の髪の匂いにホッと息を吐《つ》く理生に、彼女が戸惑《とまど》う。

「り、理生、お母さんたちいるから」

「あ……、ごめん」

実家にいることを一瞬忘れていた。

「もう～、こっちが恥ずかしくなっちゃうじゃない、理生ってば」

「新婚さんらしくていいわよ。仲が良くて安心したわ」

ソファにいた母たちが口々に言い、顔を赤らめている。

（小百合のことになると俺、本当に周りが見えなくなるな。これだからダメなんだよ。自分の気持ちばかりで、小百合の体調すら見抜けなかったんだから）

心の内で猛省する。

「早速お昼にしましょうか。小百合ちゃん、ソファに座っててね」

「いえ、お手伝いします」

「いっ、いいのよ！　本当に！」

立ち上がった母が必死な顔で止める。

「でも……」

「小百合ママと一緒にやるから大丈夫。理生、ほら小百合ちゃんと座っててあげて」

妊娠しているかもしれない小百合を気遣っての言動だろう。

「母さんもああ言ってくれてるし、行こうか」

「じゃあ、お言葉に甘えて。お願いします」

ぺこりと頭を下げた小百合と共に、ソファに座る。入れ替わりに彼女の母が立ち上がり、小百合の肩にそっと手を当てた。

「体を大事にしないと。自分で思っているよりも、しんどいはずだから」

「そうなのかな？」

意味がわからないらしく、小百合はきょとんとした顔で返事をしている。

「そりゃあ、お腹《なか》も空《す》くわよねえ。あっ、理生、あったかい飲み物淹《い》れるから、小百合ちゃんにあげて」

「お、おう」

母に言われるがまま、理生は小百合の母とキッチンへ向かった。

女性の体は女性が一番知っているのだから、ここは母親らの言うとおりにしたほうが良い。

(マンションに帰ったら妊娠について調べよう。小百合の体が今、どういう状態なのかしっかり把握しないと)

理生は母が用意したホットティーを小百合の前に置く。

「はい、どうぞ。カフェインレスの紅茶だって」

「ありがとう。いただきます」

温かな紅茶を口にした彼女は、目を丸くした。

「美味《おい》しい！　ノンカフェインでも味に遜色《そんしょく》はないのね。私も真似してみようかな」

「体にいいなら、そうしよう。俺も今度からカフェインレスにする。美味《うま》いし」

身を乗り出して同意した理生に、小百合が眉根を寄せる。

「ねえ、理生」

「ん？」

「私が横になっている間に、何かあったの？」

「えっ、いや、何も……。小百合が酔ったのは俺の運転が乱暴なんじゃないかって、怒られたくらいかな」

理生は内心焦《あせ》りながらごまかした。

妊娠について尋ねるタイミングが今ではない気がしたからだ。いや、デリケートな内容なのだから、小百合が自分から言うまでは待ったほうがいいだろう。母たちも同じく言葉を濁《にご》していた。

「理生の運転、すごく優しいよ。本当にお腹《なか》が空《す》いて気持ちが悪くなっただけだから、気にしないでね」

「ああ……」

「やっぱり何か隠してない？」

「何かって？」

「だってみんな、やけに優しいんだもの。私に気を遣ってるというか、腫《は》れ物《もの》に触るような扱いっていうのかな……？」

いつもは鈍いクセに、なぜ今日に限ってこんなに鋭いのだ。

「久しぶりで嬉しいんだろ。ふたり共小百合に会えて本当に喜んでたよ」

「私も嬉しい。考えすぎだったのね」

小百合は笑んで、リビングを見回した。

「このお家に来るのも久しぶり。大学の頃に何回か遊びに来て以来だわ」

「レポートと実習の件で、小百合には世話になったもんな」

「そうそう。大学時代は私も理生も実家にいたから、行き来しやすかったのよね」

ふふ、と懐かしげに微笑《ほほえ》む。

グループ内の友人同士として、そして幼馴染《おさななじみ》として、彼女と密に交流していた。

そう、他の友人とは違い、小百合は気軽に家に招き入れることができる、特別な存在だった。その「特別」が恋心だとなぜ気づかなかったのか、今では不思議なくらいだ。

「こういう形で訪れることになるなんて、あの頃の私が知ったら驚くだろうなぁ」

「俺は、それほど驚かないよ」

「そういえば前にも言ってなかった？　どうしてそう思うの？」

結婚して間もなく、理生が小百合を迎えに行ったことがあった。夕飯を外で食べ、その帰りに小百合はふたりで一緒に家に帰ることを不思議だとこぼしたのだが、理生は何となくこうなる気はしていたと答えたのだ。

「俺の隣に小百合がいるのは当然だと、昔から思ってたからかな。小百合を好きだという自覚がなかった時も、俺は小百合を特別な存在に思っていたんだよ」

「理生……」

小百合の頬がうっすらと染まっていく。何かを言いたげな薄く開《あ》いた唇から目が離せない。ここが実家でなければ、その唇を奪っていたところだ。いや、母たちはキッチンにいる。軽く重ねるくらいならいけるだろう――

「はいはい、お待たせ～！　できたわよ～！」

絶妙なタイミングで声をかけられ、飛び上がりそうになった。

「どうしたのよ、理生？」

大皿をダイニングテーブルに置いた母が、ふてくされる理生を見る。

「別に……」

「まったく、息子ってのは愛想がないんだから。小百合ちゃん、こっちにいらっしゃい」

「はーい」

小百合はソファから立ち上がり、テーブルに急ぎ足で向かった。

(何だか、いちいちハラハラするな……。そんなに急いでつまずいたらどうするんだ)

心配になった理生は、小百合のあとに続く。

「美味《おい》しそう～！」

「でしょ、でしょ？　小百合ママも張り切ってくれたのよ。……小百合ちゃん？　どうしたの？　まだ具合悪い？」

母に言われて小百合を見ると、彼女は目に涙を溜めていた。

「私、幸せだなぁって……。こんなに優しくて素敵なお母さんが増えて、理生と結婚して、本当に幸せです……」

「ちょっ、ちょっとやぁだ、私まで泣けてきちゃうじゃない……！」

ふたりで顔を見合わせ、涙を拭いている。

少々の疎外感を覚えつつ、理生もまた感動していた。小百合との結婚が自分だけではなく、周りをも幸せにしていることに。

「ふたりして泣いちゃって、何があったの？」

サラダと煮物を手にこちらへ来た小百合の母が、この光景に動揺する。

「だって小百合ちゃんが嬉しいこと言うからぁ……。お母さんが増えて幸せだって……」

「そうだったの。私も息子が増えて幸せだわ。こうしてみんなで一緒にいられることが、今でも夢みたいだもの」

泣き笑いする母を見て、小百合の母が苦笑した。

「俺も幸せだよ。小百合を育ててくれた素敵なお母さんが俺のお母さんになったのも。本当に……小百合と結婚できて良かったと思う」

テーブルセッティングを手伝いながら話に入る。

「ありがとうね、理生くん」

小百合の母も目に涙をうっすら浮かべていた。そんな彼女に、理生は続けた。

「俺、ずっと小百合に片思いだったから」

「えっ、そうなの？」

「そうです。やっと振り向いてもらえて、俺、マジで幸せなんです。小百合は俺の宝物だから、一生大切にします」

理生の心からの言葉を聞いた一同は、ぶわっと涙があふれ、再び泣き笑いをすることになる。理生は彼女らの涙に照れつつ、自分の目頭も熱くなるのを感じていた。

「泣きっぱなしね。さ、食べましょう。冷めちゃうわ」

母の呼びかけで全員ダイニングテーブルに着く。

そこからは和気藹々《わきあいあい》と、料理を囲んで楽しく食事をした。

小百合の母が持参したかぶとイカの煮物は絶品だったし、理生の母自慢の唐揚げは相変わらずジューシーだ。豆腐のサラダやきんぴらごぼう、枝豆ご飯にアサリの味噌汁《みそしる》など、どれも健康的で美味《おい》しいものばかり。

小百合も、美味《おい》しいと言ってたくさん食べている。

(そうか、ふたりぶん栄養が必要なんだもんな。そりゃ、食欲も湧くよな)

いやでも、食べすぎも体に良くないか……と、理生はいつの間にか妊婦の夫らしい思考に変わっていた。

食事と会話を楽しみ、あっという間に時間は過ぎていった。女性陣は話が尽きないようなので、理生はひとりソファに寝っ転がり、実家で思う存分ゆっくりさせてもらう。

そして帰りがけの玄関先に、母が段ボール箱を抱えてきた。

「はい、これお土産《みやげ》。持って帰ってね」

「デカッ、何だよそれ？」

「小百合ちゃんにだけど、理生が持って。早速、役に立つものよ、ふふ」

意味ありげに笑った母から、段ボール箱を受け取る。大きさの割に重量はない。

帰りの車中では、小百合は酔わずに、いつもどおりの様子でいた。

マンションに帰り着き、寝室に段ボール箱を運び入れる。ふたりで手洗いをしたあと、理生は湯を張る準備のためにバスルームに入った。湯上がり時に掃除はしているが、ささっと湯船を洗い流す。

「これからは、日常のちょっとした家事も俺が率先してやらないと」

実家でソファに寝転んでいる間に、妊娠について調べた。

テラシマ・ベイビーは、ベビーとキッズ用品、マタニティ用品も扱っている。当然、理生もマニュアル程度の知識はあったが、いざこうなってみると、何もわかっていなかった自分が情けない。

「えっ、ええ〜〜っ！」

湯を張るスイッチを押してバスルームを出たところで、小百合の大きな声が届く。

慌てた理生は急いで足を拭き、ドタバタと寝室に飛び込む。

「ど、どうした？　何があった？」

「理生、これ、見て〜」

ラグの上にペタンと座っている小百合が、フタの開《あ》いた段ボール箱を指さした。先ほど母に持たされたものだ。

どれ、と理生も膝《ひざ》をついて中を覗く。綺麗にパッケージされたパステルカラーの布が見えた。

「ん？　洋服か？」

理生の問いかけに答えるように、小百合が中身を次々と取り出す。

「ベビー服にスタイ、靴下……。おもちゃもたくさん入ってる。すごく可愛いんだけど、ええと……これって？」

小さなそれらを手にした小百合が理生を見上げた。

「え、いや……、か、可愛いなぁ。そうかぁ、ベビー服ってこんなに小さいんだな。いや、うちの商品だから知ってるけど」

ははは……、と笑って理生も手に取る。すべてテラシマ・ベイビーで扱っている商品だ。いつの間に取り寄せていたのだろう。

「やっぱり理生、お母さんたちに何か言ったんでしょう？」

小百合が口を尖《とが》らせる。

「いや何も……」

「私が妊娠したって言ったのね？」

「言ってない！　俺は断じて言ってない！」

理生は右手を顔の前でぶんぶんと横に振った。まだ疑いの目で見ている小百合に事情を話す。

「その、今日、小百合が気持ち悪いって横になっただろ？　それで、出かける前に小百合が二回も忘れ物をしたから、本当は朝から調子が悪かったのかもって、母さんたちの前で反省したんだ。そしたら――」

「きっと妊娠してるわよ、って？」

「そう、それ！　たぶん間違いないってふたりが言い始めて、俺もそうかもしれないなと。いや、思っただけだからな？」

隣に座った理生から視線を外した小百合は、うーん、と首をかしげた。

「生理が終わってもうすぐ一ヶ月だけど、そんなに早く妊娠がわかるものなのかな？」

「人によっては体調に出るって、小百合のお母さんが言ってたんだ」

「まだ検査薬で推奨されている時期に入ってないから、確かめようがないんだけど……。もし本当に妊娠したなら、私も嬉しい。でも違ったらって思うと、ちょっとプレッシャーかも」

「そうだよな。俺、ちょっと浮かれちゃってさ。小百合の気持ちも考えずに……ごめん」

小百合の立場になったら当然だ。

いくら医療が発達したといえども、できない可能性は大いにある。妊活の心理的、肉体的負担は多大に女性が負っている現状というのは社内報にも載っているくらいだ。

「ううん！　赤ちゃんが欲しいって言ってたのは私なんだから、理生は謝る必要ないの。私のほうこそごめんね。理生ママの気遣いが本当は嬉しいんだ。ねえ、見て理生。靴下がこんなにちっちゃい」

明るく笑った小百合が、レースのついた白い靴下を見せた。

「ああ、可愛い」

理生も笑み、手を伸ばして小百合を抱き寄せる。

頭を撫《な》でて優しく抱きしめると、彼女も理生の背中に手を回してそっと抱きしめてくれた。


実家に遊びに行ってから一週間後。

連休明けの仕事に忙殺される中、理生のもとに妙な噂が舞い込んだ。噂を聞いた直後に、企画開発部から呼び出しを受ける。

理生は営業部にいるが、後々、社長を継ぐことになるため、他の部署についても大まかなことは把握していた。特に新商品開発についての場は、社長である父と共に理生が同席することもある。

その開発部部長とふたり、広い会議室に入った。

「寺島さん、急に申し訳ありません」

部長は椅子に腰かけながら謝る。彼は三十代後半という若さでその地位に収まった、凄腕の社員だ。理生も一目置いている。

「いえ、とんでもないです。ちょうど私も妙な噂を聞いたところでして」

「それなら話が早いかもしれません。うちの担当である秋葉《あきば》がハシーマテックの営業担当者の方と仕事で関わっていたのはご存知ですよね？」

「……ええ」

佐々木がいるＩＴ企業である。予想どおり、彼女についての話だった。

「ハシーマテックさんはＷｅｂマーケティングの件で営業をかけてきました。いい仕事をされている会社だというのは知っておりましたので、新商品の件で話を進めようとしたのですが――」

「その営業担当者――佐々木さんに難があったと。私が聞いたのは彼女のことなんですが……」

「おっしゃるとおりです。まさか役員をされている方が、ああいった行動を取るとは想定外でした。こちらの責任でもあります。申し訳ありませんでした」

部長は席を立ち、その場で深くお辞儀をした。

「いえ、部長が謝ることではありませんので……！　どうか座ってください」

理生は慌てて自分も立ち上がり、彼を席に促《うなが》す。

そう、部長は何も悪くない。営業に来ていた佐々木美砂、彼女が元凶である。

理生が耳にしていた噂はこうだ。

新商品開発に加わった理生が、ライバル会社に情報を漏洩《ろうえい》した。その際、賄賂《わいろ》を受け取った……などという馬鹿馬鹿しい嘘話をＳＮＳで佐々木が発言したという。特定の誰とは言っていないが、会社名や理生の立場などが書かれ、わかる者にはわかるという投稿だったらしい。

部長も同じ内容の話を知り、理生をここへ呼んだのである。

「今はその投稿は削除されていますが、問い合わせが数件ありました。それで、寺島さんにご確認いただきたいと思いまして……」

彼の部下がスクリーンショットで保存していたようで、それを理生に見せてくれた。

「……なるほど」

思わずため息を吐《つ》く。

名前は書かれていないが、理生だとわかる内容だ。それに加えてテラシマ・ベイビー株式会社を略したアルファベットや、営業した時にひどい目に遭《あ》ったなど……、彼女らしい悪口が書かれている。

「もちろん、これは嘘です。僕が賄賂《わいろ》を受け取って何の意味があるのか……」

「ええ、私たちは寺島さんを疑っていません。この投稿に気づいた者も、もちろんそうでしたので、すぐ私に相談に来てくれたんです。一応、寺島さんにご確認いただいてから、あちらの会社に事実確認を入れようと思いまして」

ありがたい言葉に理生は胸が痛くなった。

プライベートなことだが、部長には話しておいたほうがいいだろう。

「個人的なことなんですが、彼女は大学時代に僕がお付き合いしていた人でして……。付き合ったのは三ヶ月ほどですし、別れてからは一切関わっていなかったのですが、営業に来ていた彼女とばったり社内で再会したんです」

「なるほど……」

「そこで唐突に、僕が既婚者であると知りながら、よりを戻したいという提案をされました。その場ですぐに断りましたし、連絡先も交換していません。たぶん、そのことが彼女のプライドを刺激したんでしょう」

「それはまた、面倒なことでしたね。と言っては失礼でしたか……」

部長は難しい顔をし、小さくうなずいた。

「いえ、実際に面倒なことになりました。その後、僕の妻にまとわりついて嘘の発言をしたり……。ただ、そちらは解決したので、会社に影響が出るとは思わなかったんです。彼女は担当から外されたと、ハシーマテックの横川さんから聞いていたので」

あの、ゴタゴタがあった夜。横川に引きずられて会社に戻った佐々木は、彼にこってりしぼられ、後日、人事を通じて担当を外したと横川が連絡をくれたのだ。

「ええ、そのとおりで、今は別の担当者がこちらへ来ています。横川さんというのは以前、ミツハシ事業さんで勤めていらした方ですよね？」

「ええ、そうです。以前、僕が横川さんと仕事でご一緒したことがありまして、ミツハシ事業を退職したあと、ハシーマテックに転職された旨《むね》を知らせてくださいました」

「そうでしたか」

「部長、申し訳ありません。先ほど言ったとおり、僕が佐々木さんの誘いを断ったことで恨まれたんだと思います。ご迷惑をおかけして――」

「いや、寺島さんじゃないんですよ。顔を上げてください」

「……え？」

理生は頭を上げ、部長の顔を見つめる。

「実は、佐々木さんが担当を外れてからも、秋葉は個人的に彼女と連絡を取り続けていたんです。そこで、あることないこと佐々木さんに吹き込まれたらしくて……」

言いづらそうに口ごもった部長は、いったん息を吐き、そして意を決したように続けた。

「その……、秋葉と佐々木さんは担当以上の関係になったらしく、秋葉がそこにつけ込まれたんです。秋葉は既婚者ですから」

「えっ！」

またか、と理生は唇を噛みしめる。

佐々木は見た目が美しく、口も上手《うま》い。言い寄られた男は悪い気はしないだろう。だからといって許されるものではない。

「秋葉はすっかり佐々木さんの言うことを信用し、社内での寺島さんの立場や取引先についても話していたようなんです」

「それでああいう内容がＳＮＳに書き込まれたんですね」

「そうでしょうね。内容は妄想に近いものがありましたが」

「ええ、本当に」

顔を見合わせ、互いに呆《あき》れ声《ごえ》を出す。

考えあぐねていたことが、理生の頭の中でカチリと合わさった。やはり佐々木をこのままにしてはおけない。

理生は背筋を伸ばし、改めて部長に礼を述べる。

「秋葉さんの処遇については部長と人事の判断にお任せします。ハシーマテックさんについては、僕に一任させていただきたいのですが、よろしいでしょうか？」

「え、ええ。それはもちろんですが……」

不安げな表情に変わった彼を安心させるように、理生は笑顔を見せた。

「教えてくださり、本当にありがとうございました。二度とこのようなご心配をおかけしないよう、気をつけて参りますので、今後共どうぞよろしくお願いいたします」

「いえ、どうぞお気になさらず。何かありましたら、すぐにまたご連絡しますので」

何かを察した部長は、理生の顔を見つめてしっかりとうなずいた。

その夜、理生は手はずを整えてから帰宅した。

「お帰りなさい」

玄関で出迎えてくれた小百合の表情に違和感を覚える。

「どうした？　浮かない顔して、何かあったのか？」

「……生理が来ちゃったの」

申し訳なさそうに小百合がぽつりと言った。

「お、おう、そうか。そうだよな、できたってわかるのには、やっぱり早すぎたよな」

「何か、ごめんね。みんなが期待してくれたのに」

「小百合が謝ることないだろ。俺も母さんたちも勝手に期待しただけなんだから、謝るのはこっちのほうだよ。……ごめんな、本当に」

確実にできてから喜べば良いだけのことを、周りが先走ってしまったのだ。小百合の心の負担になることだけは、今後、絶対にないよう気をつけなければならない。

手洗いとうがいをした理生は、着替える前にリビングのソファに腰かけ、小百合を隣に座らせた。そして自分の気持ちを正直に伝える。

「俺も小百合の子どもは欲しい。でも、できなくてもいいと思ってる。俺は小百合と一緒にいたくて結婚したんだ。それだけは覚えていてほしい」

「理生……」

「ただ、本気で欲しかったら、女性はそうもいかないと思う。子どもを産むリミットを考えれば、男みたいに悠長にはしていられないよな。小百合がすぐにでも子どもが欲しければ、俺もすぐ病院で検査を受けるよ。不妊の半分は男が原因なんだ。小百合がひとりで抱えて負担にならないように、何でも言ってほしい」

難しい事柄だが、どんなことがあっても理解し合っていきたいと思っている。

「理生って」

「え？」

小百合は両手を胸の前で組み、感心した顔で理生を見上げていた。

「理生って、すごいね……。私、感動してる」

「な、何でだよ」

「私が思っていたよりも、理生はきちんと考えてくれてることに。……ありがとう、理生」

潤《うる》んだ目で見つめられてドキリとする。

そんな顔で嬉しい言葉をもらったら、この場で押し倒したくなるではないか。

「理生の考えを聞いただけで安心しちゃった。私、子どもがたくさん欲しいって言ったでしょう？　その気持ちは変わらないけど、変わったこともあるんだ」

ふっと柔らかく笑った小百合が続けた。

「理生とふたりだけの生活……、もう少し続けたいなって」

「え」

「その、気持ちが通じ合ったわけだし、恋人気分っていうのかな？　そういうのをもっと味わっていたいなって」

小百合の頬が赤く染まる。それを悟られたくないのか、彼女は口を引き結んで視線を逸《そ》らした。

逃がすまいと、理生は小百合の顔を覗き込む。

「俺としばらくイチャイチャしたいってことだな？」

「……そうだけど？」

「小百合っ」

「きゃっ」

耐えきれずに彼女をぎゅっと抱きしめた。途端に彼女の香りが迫り、欲情が煽《あお》られる。

「じゃあ積極的にイチャつかせてもらうからな？」

「ど、どうぞ？」

真っ赤になっている小百合が可愛くて、理生の心も体もすっかりその気になっていた。だが、襲いかかる前に小百合の気持ちを確認しなくては。

「しばらく子どもは自然に任せるってことでいい？」

「うん、自然に任せる。子どもは授かりものだものね。それでもし、しばらく経ってもできなかったら、その時は一緒に病院に行こう？」

「ああ、そうしよう」

互いの微笑《ほほえ》みが合図だ。

帰ってきて早々とはいえ、イケる。ふたりが寝そべっても余裕のあるソファにしておいて良かった、と心の中でほくそ笑んだ。いや、ソファなら座位でもいい。小百合を四《よ》つん這《ば》いにさせて後ろからも――

(いやだから、小百合は生理中だって言ってるだろ。キスだけだ、キスだけ！)

「好きだよ、小百合」

「私も、好き」

(この表情……、何て可愛いんだ。もしかしたら、お願いすれば手でしてくれるかもしれない……。いや、生理で具合が悪いかもしれないんだ、そんな気持ちになれないだろ。キスだけで我慢しろ)

一瞬の間によくもまぁここまで妄想できるものだと自分に感心しながら、小百合の唇に自分のそれを寄せた、その時。

インターホンのメロディがリビングに響き渡った。

「わっ」

まぶたを閉じようとした小百合が、パチッと目を見ひらく。

「……何だよ、もう～。いいところで」

このまま無視して情事を続けたかったが、そうもいかない。理生は体を起こして、リビングにある液晶画面に近づいた。宅配業者だ。

「俺が玄関に出るよ」

「ありがとう。夕飯できてるから、テーブルに並べちゃうね」

小百合も立ち上がり、キッチンに行ってしまった。

がっかりどころではない理生は肩を落とし、玄関のインターホンが鳴るのを待つ。美味《おい》しそうな香りがキッチンから漂《ただよ》ってきたところで、宅配業者がやってきた。

荷物を受け取った理生は送り主を確認する。そしてリビングに段ボールを置いた。

「何が届いたの？」

「小百合のお母さんから、小百合宛だ」

「お母さんから？　何だろう、何も聞いてないけど……」

小百合が不審げな表情で段ボールに近づく。

理生が箱を開《あ》けると、彼女は中を覗いた。彼女の手で取り出されたのは大きなショッピングバッグ。書かれたロゴを見て理生が察したとおり、中身はテラシマ・ベイビーのベビー用品だ。

レモン色のスタイを手に取った小百合がつぶやく。

「お、お母さん……空気読んで……」

タイミングの悪さに思わず笑いがこみ上げた。

「ぷっ、ははっ」

「もう、みんな気が早いんだから……！」

理生が噴き出すと、小百合も同じように笑う。

中身を確認し、理生の母に渡されたベビー用品と一緒にクローゼットへしまった。

「これだけあれば、本当に必要になった時に困らなくて済むね」

「まぁ、そうだな」

「嬉しいけど、私が報告するまで期待しないでって、お母さんに言っておかなくちゃ」

「俺も母さんにそう伝えておく」

「うん、お願いね。もう夕飯の用意できたから、ダイニングテーブルで待ってる」

「ありがとう。着替えたら行くよ」

理生はその場に残り、スーツから部屋着に着替える。

「こういう幸せを壊されないように、俺が守っていかないと」

昼間、部長から受けた報告は理生個人だけではなく、会社にどう影響を及ぼすかわからない事案だった。噂が広まってしまえば社のイメージダウンは避けられず、ライバル会社がそこに目をつけてくる。真実かどうかなどＳＮＳ上では関係ない。情報に面白おかしく飛びついては人の足を引っ張り、それが間違っていても訂正せずにまた別の情報に移っていく人々がごまんといる。いったんその餌食《えじき》になれば、おしまいなのだ。

だからこそ、すぐにでも手を打っておかなければならない。

「ああ、面倒臭い。小百合のことだけ考えていたいんだよ、俺は……！」

ぶつくさ言いながら寝室を出ると、小百合が用意している料理の香りが届き、理生の心を和《やわ》らげてくれた。


数日後。銀座の路地裏の一角にある料亭で、理生は父と酒を酌《く》み交《か》わしていた。

「すまなかったな、理生。小百合さんにも謝っておいてくれ」

先日の妊娠騒ぎについてだ。

「いや、俺もてっきりそうだと思って期待しちゃってさ。反省するのは俺と母さんだよ。父さんが謝ることじゃない」

「母さん、暴走していたようだからなぁ……」

やれやれと言って笑いながら、父はふぐ刺しに箸《はし》を伸ばした。辛口の日本酒を口にした理生も、父に続いてふぐを食べる。コリコリとした食感を味わいながら、段ボールを理生に持たせた母のドヤ顔を思い出した。

「嬉しかったんだよ。俺もそうだったし」

「小百合ママと一緒にいて拍車がかかったんだろう。あのふたり、すぐに盛り上がるから」

父はそう言ってまた笑い、酒を飲んだ。

「ずっと仲がいいんだよな。俺が中学、高校と男子校に行って小百合と離れても、母親同士は変わらない付き合いだった」

「ああ、ありがたいことだよ。理生が小さい頃、ママ友の関係で悩んでいた母さんは、小百合ママに救われたんだ」

「そんなことがあったんだ？」

今では考えられないが、母は子育てに慎重であり、相当なプレッシャーを抱えていたという。そして理生の交友関係を増やそうと公園のママ友のグループに入るも合わず、悩んでいた時に小百合の母と出会った。

グループのメンバーと会うのがしんどくなり、誰もいなくなる昼過ぎに理生を連れて公園に行くと、小百合を連れた彼女の母がいた。母同士で何となく話をし、何度か会ううちに、小百合の母のマイペースさに救われる。

小百合の母はママ友のグループには入らず、好きな時間に公園に来て、小百合と遊んでいた。幼稚園に行けば自然に友だちができるから、今は無理に作らない。そのほうがラク、という小百合母の話に目から鱗《うろこ》だったという。

「すぐに母さんはママ友グループから抜けて、生き生きし始めたんだ。幼稚園で小百合ママと同じクラスになった時は嬉しそうだったなぁ。当時は今と違って、母親が子育てをするのが当たり前だったから、私が口を挟んでもイヤがられたし……。いや、本当に、小百合ママには頭が上がらないんだよ」

それからは家族ぐるみで会うようになり、父親同士も意気投合したという。理生の父が大企業の社長だからといううわべの付き合いではなく、同じ父という立場で接してくれた初めての人だった。

「だから、お前と小百合さんの結婚話が出た時、母さんはふたりの幸せを喜んだのと同時に、小百合ママと親戚になることを心から嬉しいと言っていた。父さんも同じ気持ちだったんだよ」

「いい話だな」

先日の母たちの喜びようには、こういう理由があったのだ。

仲居によって準備されたふぐ鍋をつつき、さっぱりした味わいを食す。こうして父とふたりで食事をするのは久しぶりだ。結婚した息子に同じ立場で話せる時が来たのだろう。

「幼馴染《おさななじみ》同士で結婚か。ある意味、理想的じゃないか」

「友だちにはからかわれたけどね」

「みんな羨《うらや》ましいんだよ。小百合さんのこと、大事にするんだぞ？」

「ああ、絶対に大事にする」

理生と結婚して良かったと心から思ってもらえるよう、小百合を大切に大切にしていく。彼女は理生の生涯の宝物なのだから。

「お前にもそろそろ、任せたいことがある。守りたいものができた人間は強い。信頼して任せられそうで嬉しいよ」

「まだまだ若輩者《じゃくはいもの》ですが、よろしくお願いします」

「急にしおらしくなったな」

おや？　という顔を父がしたので、理生はニヤリと笑った。

「いや、本音は違うよ。俺の野望はうちの会社をもっと大きくして、世界中に支店を置くこと。誰もがうちの会社の名を知ること。そして、手頃な値段で教育を受けられるようなシステムを作ることだ」

「ほう……」

「ということで、おとなしくしているつもりはないからな？」

「頼もしいよ、まったく。……ところで、落とし前はつけたのか？」

ふっと笑んだ父が、次の瞬間、厳しい社長の顔に変わった。

「知ってたんだ？」

「私を誰だと思っているんだ。お前が気づく前から知っているぞ」

「それは……すみません」

この様子では、部長からの報告以上のことを父も把握していそうだ。

(そりゃそうか。一歩間違えれば会社にとっての不利益は計り知れなかったんだから)

「ほころびは小さいうちに処理しておいたほうがいい。どんなにくだらないことでも、な」

そう言って、父はふぐ鍋を取り分けたとんすいを口に運び、だし汁を啜《すす》った。美味《うま》いとうなずき、理生を見る。

「お前に限ってバカなことはしないと信じているが、社にとって害になるようなら容赦《ようしゃ》なく切らせてもらうぞ」

「ええ、それはもちろん承知のうえです」

「わかっているならいい。小百合さんのためにも、肝に銘じておきなさい」

「ああ」

口を引き結んだ理生を見て、父が表情を緩《ゆる》めた。

「こんなことは序の口だ。社長になれば比較にならないくらいの面倒事が次から次へと起きる。予行演習だと思っておけばいいさ」

「イヤな予行演習だなぁ」

「ははは、野望のためには乗り越えないとな」

「やりますよ、野望のためにもね」

大げさに肩を竦《すく》めた理生は、父に酒を注《そそ》いだ。


事《こと》の真相は、元カノである佐々木美砂が発端だった。

大学の頃、佐々木が理生と付き合ったのは三ヶ月だけだ。理生が結婚したのを知って執着を覚えたとはいえ、彼女の妙なしつこさには疑問を覚えた。

そこで独自に調査をしたところ、ハシーマテックの取締役のひとり「浅利《あさり》」という人物が、テラシマ・ベイビーのライバル会社から依頼を受けていたことがわかる。佐々木にテラシマ・ベイビーに取り込んで悪評を流すよう、けしかけていたのだ。

ライバル会社は、浅利に多額な報酬の約束をしていた、というところまで掴《つか》んだ理生は、部長の報告と合わせてすぐさま会社の顧問弁護士に相談を入れた。

もっとも佐々木は、企画開発部の秋葉と不倫関係を続けつつ、本気で理生と復縁を考えていたようだが。

父と酒を酌《く》み交《か》わした二週間後。

ハシーマテックの社長が辞任し、新しい人物に替わったという情報が入った。と同時に、ハシーマテックのホームページにテラシマ・ベイビーに対して、SNSの件についての謝罪文が載せられた。取締役も数人、辞任した。問題の取締役である浅利と、佐々木美砂の名前もある。

元凶となったライバル会社とは、弁護士を通じて協議中だ。こちらの件はさすがに父や、他の取締役に請け負ってもらった。

「横川さん、お待たせしました」

「いえ、こちらこそお忙しい中、申し訳ありません。メールでもいいかと思ったんですが、私が急遽、担当者の代理でこちらへ来ることになったので、直接お話ができればと」

連絡を取り続けてくれた横川が理生に会いに来た。

「俺も直接横川さんから話が聞きたかったので助かります。こちらの担当との打ち合わせは無事に終わりましたか？」

「ええ。ご迷惑をおかけしたにもかかわらず、ありがたいことにご了承いただけました」

「それは良かった。どうぞ入ってください」

社長室に近い応接室に入ると、横川が深いお辞儀をする。

「このたびは、多大なご迷惑をおかけして大変申し訳ありませんでした……！」

「いや、横川さん、それはもう本当に大丈夫だから。先日、そちらの社長や取締役の方が謝罪に見えましたし、父も承知していますので。横川さんは逆にうちの会社とハシーマテックを救ったんです。お礼を言いたいくらいですよ」

「いえ、そんなことはありません。何も知らなかった自分を恥じています。まさか、佐々木だけではなく、取締役まで関わっていたなんて」

「とにかく座りましょう。横川さんの話は、他にあるんですよね？」

横川を席に促《うなが》し、理生も座る。ガタイのいい彼には、椅子が狭そうに見えた。

ひとつ息を吐いてから、横川は口をひらく。

「佐々木の件です。ご存知のとおり、彼女は他の取締役と一緒に辞任し、会社を去りました。最後まで自分は悪くないと突っぱねたようですが、ハシーマテックさんの件以外にもトラブルがいくつか発覚しまして、無理だと悟ったようです」

「あの立場でどうやったら、そんなことができるんだか……」

「大胆な行動の裏には、彼女が不倫をしていた事実が浮かび上がりました。あなたにアプローチをしていたクセに、今回辞任した取締役の浅利と不倫していたんです。それもかなり前から」

「……」

「浅利の奥様が雇った弁護士から、うちの会社に手紙が届きまして。社長を始め、幹部や社員全員に、浅利と佐々木の不倫が知られることとなりました。辞めるほかないでしょう」

「佐々木さんは、うちの担当とも不倫してましたからね。こちらも処分済みですが」

「そっ、そうでしたか……」

さすがにドン引いたようで、横川が引きつった顔を見せる。

「……昔、大学の頃、彼女はモテたんだよなぁ……。俺は浮気されたうえにフラれたんです。当時から彼女は同じようなことを繰り返していて、付き合い始めの俺は気づかなかった。まさか、あの頃からここまで変われない人間だとは思いませんでした」

理生は昔を思い出しながら、むなしさを口にした。

「佐々木は、辞任が決まって早々に部屋を引き払い、大阪の実家に戻っているそうです」

「大阪？　関西弁なんて一切出さなかったから知らなかったな」

そういえば実家の話など聞いたこともなかった。

「そこでライブ配信の投げ銭をもらいながら、パパ活に励むとのことでした」

「パッ、パパ活う？」

思わず、すっとんきょうな声を上げてしまう。

「それ以上のことは知りません。ただ、もう東京には二度と戻らないらしいです。今回のことで懲《こ》りたんでしょう。あなたのことは思い出したくもないそうですから」

「それなら良かったです。小百合に矛先《ほこさき》が行かないかと、それだけが心配だったので」

理生は腕を組み、ため息を吐《つ》いた。

「小百合さんが『不倫について調査をしている』と言ったので、そこからバレたのかと思いましたが、違いましたね。不倫相手の奥さんは、何年も前から佐々木に挑発されていたそうです。小百合さんが佐々木に発破《はっぱ》をかけたんですよね？」

「ええ、そのようです」

「小百合さんはいい奥様ですね。そんな奥様のためなら、寺島さんは全力で行動を起こす」

横川が自信ありげに微笑《ほほえ》んだ。

「もちろん」

「寺島さんに全力で反撃されたら、国外に出る以外、逃げられませんね」

彼の言葉はあながち間違ってはいない。たとえ元カノといえども、小百合を傷つけようとした者は許さない。それくらいの気概でいることを横川は見抜いていた。

「まぁ、そうですね。佐々木さんが俺に会った直後から調査は入れていますし、辞任されたハシーマテックの社長にも極秘でコンタクトを取っていました」

あちらの社長は取締役らの陰謀など知らない身ではあったが、責任を取って辞めたのである。

ポカンと口を開《あ》けた横川が、しばらくしてから動揺を口に出す。

「……ええ、あ、いや、まさかの？」

「小百合の身の安全が第一だったので、横川さんにも言いませんでした。すみません」

「そんな、謝らないでください。そうですか……そうでしたか……なるほど」

彼は今日一番の驚きの顔をし、ぶつぶつ言いながらうなずいている。

「できる男は後始末まで綺麗に、ってね。小百合には内緒でお願いしますよ」

「ええ、もちろん言いません……！　お会いすることもありませんし……！」

これで話は終了だ。お互い席を立ったところで横川が深々と頭を下げる。

「では今後共、どうぞよろしくお願いいたします！」

「こちらこそよろしくお願いいたします。今回はご協力いただき、ありがとうございました。今度また一緒にメシでも行きましょう」

「ええ、ぜひ」

失礼しますと去っていく横川の背中を見送り、理生はようやく問題に一区切りがついたことを実感した。


マンションに帰り着き、玄関ドアを開《あ》けた。

「ただいま……」

小百合の香りが混じった家の匂いに心底ホッとし、靴を脱ぐ。リビングの扉がひらいて小百合がこちらへ来る。

「お帰りなさい。お風呂沸いてるよ～。私は先に入ったから――」

理生は何も言わずに彼女を抱き寄せた。

「理生？　……何かあった？　大丈夫？」

「ちょっと仕事で疲れちゃってさ。しばらくこうさせて」

ドライヤーで乾かしたばかりなのだろう、しっとりした小百合の髪に顔を埋める。部屋着から伝わる彼女の体温と、シャンプーの香りが理生を慰《なぐさ》めた。たまらず、こみ上げてくる思いを口にする。

「小百合は俺が一生守るから。誰にも傷つけさせないし、誰にも触れさせない……！」

手にしていたビジネスバッグを床に落とし、小百合を抱きしめる手に力をこめた。

「何があったの？　私に言えないこと？」

「いや、もう安心だってこと。ごめん、いきなり。さて、俺も風呂に入ろっかな」

理生は小百合から体を離し、心配そうにこちらを見つめる彼女に笑いかけた。

そして洗面所に行きがてら、事《こと》の次第を話す。

佐々木の行動の裏にはライバル会社の思惑《おもわく》があったこと、佐々木の不倫が続いていたこと、不倫相手は一連の元凶の取締役だったこと、その妻から慰謝料請求をされた佐々木はハシーマテックを辞め、今は大阪にいてこちらには二度と戻ってこないこと——

小百合にイヤな気持ちを思い出させないため、理生はあえて着席せず、着替えながら、あれこれをざっくりと、だが慎重に話した。

「佐々木さん、実家に帰ったんだ……」

「実家が大阪だっていうのも、初めて知ったよ」

「私も。全然そんな感じしなかったよね」

リビングに入りながら、小百合が不安げな顔をする。理生は彼女をソファに座らせ、そこでようやく落ち着いて話を続けた。

「ハシーマテックは社長が替わったし、佐々木さんが俺たちに関わることはもうない。もし関わってこようとしたら、それこそ全力で排除する。俺は誹謗中傷された被害者だしね。今回の件ではハシーマテックを利用しようとしたライバル会社が、どこなのかわかったというのが唯一の収穫だな」

「そのライバル会社は訴えたの？」

「今、協議中だよ。証拠は掴《つか》んでるから、この先はそれをいろいろ使えるかもね。まぁ、父さんや取締役に任せたけど」

カードはこちらが持っているのだから、今後の交渉に使えるのではないかと踏んでいる。

「でも彼女、本気で理生を奪おうとしてたんじゃないかな。上司と組んでいたのは本当だろうけど、理生を利用しようとしただけじゃないよ、きっと」

「何でそう思うんだ？」

「だって昔から、彼女持ちとか既婚の人を横取りしていたじゃない？　私のところに来た時も、理生に未練たっぷりで必死だったもの」

眉根を寄せる小百合が可愛くて、つい意地悪な言葉を口にする。

「心配した？」

「あ、当たり前でしょ。理生がイヤな思いをするのは私もイヤだって言ったでしょ」

「嫉妬《しっと》は？」

「し、嫉妬《しっと》って」

「教えてよ、小百合。嫉妬《しっと》したのかどうか」

「……した」

ぽつりと言った唇は今すぐ奪いたくなるくらい可愛かったが、その先の言葉を知りたくてどうにか我慢した。

「だって昔のこととか、いろいろ言われたんだもの。私の知らない理生を彼女が知ってると思ったら、辛《つら》くなっちゃって……」

「ヤバい、嬉しい」

心の声のままにこぼす。

「俺だって、結婚する前は小百合の男の話を聞きながら、心の中は嫉妬《しっと》まみれだったよ」

「いつも優しく笑ってたから、嫉妬《しっと》なんて微塵《みじん》も感じなかったけど……」

「俺が嫉妬心《しっとしん》出したら、小百合はきっとその場で逃げ出すだろうからな。我慢してたんだ」

「え……」

戸惑《とまど》う小百合の額《ひたい》にそっとキスをする。

嫉妬《しっと》のままに行動していたら、毎日メッセージを送ってその男との連絡を邪魔したかもしれない、ストーカーまがいに小百合をいつも待ち伏せしていたかもしれない、可愛らしい笑顔を向けられただけで押し倒していたかもしれない……、という「もしかしたら」は、いつだって理生を悩ませていたのだ。

今だってそんなことを伝えれば、小百合は怖がるだろう。口に出さなくてもいいことはある。

「吉田先生、小百合にまだ言い寄ったりしてないよな？」

ふと気になったことで話題を変えた。

「それはないよ。吉田先生、理生と友だちになったんでしょ？」

「友だちっていうか、まぁ彼はいい人だったからな、うん。何だかんだ、今もやり取りはしてる」

意外にも音楽の趣味が合い、なぜかメッセージアプリで盛り上がる仲になった。

ギター野郎という心の中での呼び名は変えてもいい、などと考えていると、小百合が黙り込んだことに気づく。

「小百合、どうした？」

「その……、吉田先生じゃないけど、言い寄られたというか、デートに誘われたというか……というのはあったかな」

「デ、デートッ!?」

聞けば、小百合の職場があるショッピングモールで、アパレルショップの店員が小百合を誘ってきたという。どう見ても年下男子らしかったが……

「小百合、結婚指輪はつけてるんだよな？」

「毎日つけてるよ」

「人妻と知っているうえで言い寄ってくるとは、いい度胸じゃないか……！」

理生はわなわなと両手を広げ、そして握りこぶしを作った。

「ったく、次から次へと……。小百合は俺の妻だっての！」

「もちろん、ちゃんと断ってるからね」

理生の顔を覗き込んでくる彼女の肩をガシッと掴《つか》み、可愛い瞳に問いかける。

「小百合！　思い出すんだ、今までのことを！」

「なっ、何、突然？」

「小百合は鈍い！　全然気づかない！　その自覚もない！」

「は、はぁ？」

「その鈍さじゃ、今までいろんな男に言い寄られていることに全然気づいてなかっただろ？　そのアパレル男以外にも、小百合を狙ってる男がたくさんいるんじゃないか？　小百合が鈍すぎてそれらを全部スルーしてた、そうだろ？」

「……」

「小百合？」

むっと口を閉じた小百合は、理生から視線を外した。……ヤバい感じがする。

「あのー、小百合ちゃん？」

「……その鈍い女と結婚したクセに」

「え……」

「鈍い鈍いって、何度も言われなくたって、もう自覚してます……！」

とうとう背を向けられてしまった。

「ご、ごめん、小百合！　俺、心配で……」

「私のこと信用してないの？」

「え……」

「私は理生が好きなの。だから浮気なんてしないし、誰かに言い寄られても心は動かない。……信じてよ」

少しずつ声が小さくなっていく小百合がいじらしくて、後ろから抱きつく。

「小百合っ！」

「えっ!?」

「俺も小百合が好きだ。大好きなんだ……！　好きすぎて必要以上に心配してた。小百合に信用ないと思われても仕方がない発言だった、ごめん！」

「理生」

「鈍いなんてもう言わない。……俺のこと大好きなんだもんな？」

後ろから耳元でささやくと、その耳がみるみる真っ赤になっていく。小百合はこくんとうなずき、でも、と続けた。

「確かに私、アパレルの男の子から誘われた時に何事かと思ったの。彼の存在自体知らなかったし。ということは、やっぱり理生の言うとおり、気づかないというか鈍すぎるのかも……」

「まぁ……何も言われなければ気づかないよ。視線を送ったり、近づいてはいたんだろうけどね。そういうのに少しだけ警戒してみたらどうだ？」

「そうね、そうする」

小百合が理生の腕に自分の手を置いて、ぎゅっと握ってくる。

ああ、離したくない。そう思いながら、理生は小百合に問いかけた。

「次の休みの旅行、行けるんだよな？」

「うん、楽しみにしてる。でも、どうして行き先を教えてくれないの？」

彼女は理生の腕をほどき、正面を向いてこちらを見上げる。

結婚式のあと、ふたりは新婚旅行に行かなかった。そんな話すら出ず、行かないのが当然と思っていた。片思いの分際で新婚旅行になど誘えるはずもなかったからだ。新年度で、お互いの仕事が多忙な時期だったというのもある。

だから気持ちが通じ合ってすぐに夏の休暇に海外旅行の予定を入れたのだが、その前にどうしても「ある場所」に小百合を連れていきたかった。平日に連休が取れた小百合に合わせ、理生も有給休暇を取ったのだ。これは、今回会社の問題に対処した褒美《ほうび》という、父からのプレゼントでもある。

「一泊二日の国内旅行、宿泊先は温泉、くらいしか言わないんだもの」

「当日までのお楽しみってことで」

「どうしても言う気がないのね。わかった、うんと楽しみにしておくね」

「俺も、ものすごーく楽しみだよ」

ニヤリと笑ってから彼女の額《ひたい》に口づける。顔を離すと、小百合が怪訝《けげん》な表情でこちらを見上げていた。

「理生……もしかして何か企《たくら》んでない？」

「ああ、企《たくら》んでるよ。夜に小百合をどうやって愛そうか、ね」

「っ！」

真っ赤になった小百合を、ぎゅううっと抱きしめる。

愛する妻の喜ぶ顔が見たい。そう思って計画した旅行。もちろん理生も存分に楽しむ予定だ。

◇　◇　◇

梅雨《つゆ》入り間近の六月上旬。ちょうど良い気候のよく晴れた今日は、いよいよ旅行である。

理生の運転する車で、まず小百合の実家に寄った。どういう意図なのかわからないまま玄関に入ると、小百合の母が待ち構えていた。

「ふたり共おはよう。はい、理生くん、これ」

「ありがとうございます。じゃあ、行ってきますね」

小百合の母から荷物を受け取った理生が、嬉しそうに礼を言っている。

「小百合をよろしくお願いしますね」

「はい。気をつけて行ってきます」

理生と挨拶《あいさつ》を交わしたあとで、母が小百合に微笑《ほほえ》んだ。

「楽しんできてね、小百合」

「ありがとう。ていうか……お母さんも行き先を知ってるのに、私には教えてくれないのよね？」

「ふふ、お楽しみにしておきなさいな」

母が嬉しそうな笑顔を見せる。

「もし良かったら、駅までお義父《とう》さんを送っていきますよ」

「あら、じゃあ待っててね。お父さん～！　理生くんが駅まで乗せていってくれるって～！」

母は出勤前の父がいるだろうリビングに小走りで戻っていった。玄関で待つ小百合は、隣に立つ理生に尋ねる。

「ねえ、お母さんから何を受け取ったの？」

「秘密～。あとですぐにわかるよ」

理生は小百合を見下ろし、ニッと笑う。

「焦《じ》れったいなぁ。でも、お母さんの嬉しそうな顔を見たら、逆にワクワクしてきちゃった。楽しみ」

ふたりで笑い合っていると、スーツ姿の父が現れた。

「理生くん、すまないね。お言葉に甘えてお願いしてもいい？」

「おはようございます。どうぞ乗ってください、お義父《とう》さん」

見送る母に挨拶《あいさつ》をし、車に乗り込む。父は後部座席に座った。

「理生くんにお義父《とう》さんなんて呼ばれるの、何だか照れるなぁ。小百合ちゃんのパパーって呼ばれてたのが懐かしいよ」

「そんなこと言われたら、俺も恥ずかしくなるじゃないですか」

ふたりの会話を聞きながら、小百合も面映《おもは》ゆくなる。

「あんなに小さかったふたりが、こうして夫婦になってるんだもんな。お父さん、嬉しいよ」

しみじみとつぶやいた父に小百合は「うん」とうなずいた。

「嬉しいが……。理生くん、小百合を泣かせたら、ただじゃおかないからな？」

「ちょっ、お父さんってば」

急に声色が変わった父に小百合が焦《あせ》ると、運転している理生がしっかり答える。

「絶対に泣かせたりしません。泣かせるとしたら、幸せな涙だけです」

彼の真剣な言葉に胸がきゅんと痛くなった。

「それに、俺のほうが小百合を好きなので、そこは安心してください」

「なるほど、安心した。それなら小百合、理生くんを泣かせちゃダメだぞ？」

「えっ、私が泣かせるの？」

ぎょっとして、思わず助手席から父を振り向く。

「そうだぞ。小百合は少々鈍いところがあるからな。知らず知らずのうちに、理生くんが泣いているかもしれない」

真面目な顔をして言う父に、理生がクスクスと笑った。

「そうね、気をつけるわ……」

父にまで鈍いと言われたら、こう答えるしかない小百合だった。

「さて、と。これでバレちゃうけど仕方ないな」

小百合の父を駅まで送り届けたあと、理生がナビの行き先を変更する。

「目的地は……日光《にっこう》？」

「そう、栃木《とちぎ》県の日光だよ」

「どうしてそこに？」

思いつきもしなかった場所だ。

「当日に高熱出して行けなかっただろ？　修学旅行」

理生は車を発進しながら、穏やかな声で答えた。

「え……」

「だから、いつか小百合を連れていってあげたかったんだよ」

「……」

胸がきゅっと痛んで、言葉に詰《つ》まった。

そう、彼の言ったとおり、小百合は小学校六年生の修学旅行の朝、ひどい熱を出してしまった。とても楽しみにしていたのに、なぜこんなことに……と、熱に浮かされながら泣いたのを覚えている。

「俺たちが本当の夫婦になれたあと、家族旅行で日光に行ったことがあるかどうか、お義母《かあ》さんに確認を入れたんだ。そういえば行ってないってことだったから、じゃあふたりで行ってきますって話したら、喜んでくれてさ」

「……」

「あれ……、小百合はイヤだった？　やっぱり言っておいたほうが良かったか、ごめん」

「ううん、ううん、違うの。理生、よく覚えてるなって驚いちゃって……」

「俺が小百合のぶんのお土産《みやげ》も買っていったくらいだからな。忘れないよ」

「……ありがとう、理生。すごく、嬉しい……嬉しいの」

堪《こら》えていた涙が、わっとあふれ出す。

「泣くなって」

「だって、嬉しいんだもの」

バッグからハンカチを取り出し、目頭を押さえた。ちょうど赤信号で停まり、理生の左手が小百合の頭に優しく触れる。

「そんなに喜んでくれるとは思わなかったから、俺も嬉しいよ。あの修学旅行と同じ行程で進む予定なんだ」

「本当に？　やだ、私、また泣きそう」

「さすがに宿は違うところを取ってあるけど、楽しみにしてて」

「そうね、すごく楽しみ」

泣き笑いしながら理生の横顔を見つめると、彼も優しく微笑《ほほえ》んでいた。

その後、小学校の思い出話に花を咲かせながら道中を進み、二時間半ほどで日光に到着した。

「意外と東京から早く着くのね」

「平日だから高速も空《す》いてたしな」

駐車場に車を停めて、東照宮《とうしょうぐう》からほど近い、大きな公園に入る。

「修学旅行初日の昼飯は専用列車の中だったんだよ。それは無理だから、ここで食べようと思って」

「素敵なところだけど、私、何も用意してないよ？」

「大丈夫。行こう」

大きなバッグに母から預かった荷物を入れ、理生は小百合を促《うなが》す。歩いてすぐのところに川が見える良い場所があった。ベンチやテーブルもある。

そこに座って遠くを眺《なが》めた。

「緑のいい匂いがする。気温がちょうど良くて気持ちいいわね。向こうに山も見える」

綺麗、と感嘆の声を上げる小百合の前に、理生が荷物を取り出して置く。

「ということで、小百合のお母さんが作ってくれた弁当だ」

「それ、お弁当だったの!?」

「日光に行くなら、お弁当を作りたいって、お義母《かあ》さんが言ってくれたんだよ」

甘い卵焼き、チューリップと呼ばれる手羽元の唐揚げにタコさんウインナー。ブロッコリーとプチトマトのマヨネーズ和《あ》え。綺麗に並んだお稲荷《いなり》さん。どれも懐かしい感じがする。

「当日に作りたかったお弁当なんだって」

「お母さん……」

胸がじんとして、あの日に泣いていた自分が救われたような、温かい気持ちになった。そんな小百合の心をくみ取るように理生が微笑《ほほえ》む。

「お義母《かあ》さんに写真撮って送ってあげたら？」

「そうね、そうする」

美味《おい》しく食べている姿をお互いに撮り合い、母に送った。すぐに母からの喜びの返信が届き、そのあとも和やかに昼食は進む。

美味《おい》しい空気の中で食べる、母の愛情がこもったお弁当。そして愛する人が自分のために計画してくれた旅行——

自分は何と幸せなのだろう。小百合はその幸せを噛みしめながら、満たされる思いに浸《ひた》った。

早めの昼食を終えると、理生はカバンの中から何やら古い冊子を取り出し、このあとの行程について調べ始める。

「ええと、日光東照宮に行ったあとは、バスでいろは坂を通って……」

「理生、それまさか、修学旅行のしおり!?」

端がボロボロになった冊子に見覚えがあり、思わず声を上げる。

「おう、懐かしいだろ？」

「すごいね。まだ取っておいたんだ」

「俺の母さんに聞いてみたら、収納から保管していたしおりが出てきたんだよ。修学旅行の写真で確認するのもありだけど、これのほうがリアルだろ？」

差し出されたしおりを手に取り、感動しながらめくってみる。

「懐かしいなぁ……。あ、私の名前もある」

「俺と同じグループだったもんな」

「そうよね。ああ、何だか興奮しちゃう。しおりを作った時の記憶がものすごい速さで蘇《よみがえ》ってきた」

由香子や追分の名前も見つけた。全員同じクラスだったので、別のグループの表がノートに張ってあったのだ。

「そういえば知久にメッセージもらったんだけど、乾さんと付き合い始めたらしいな」

「私も昨日、由香子から聞いたの。すごく照れ臭そうだったけど、嬉しそうだった」

小百合たちの結婚式あたりから由香子と追分は連絡を取り合い、親密になり、追分のほうから告白したようだ。

「良かったよな。俺たちに次ぐ、幼馴染《おさななじみ》のカップルだ」

「そうね、私も嬉しい」

お互いの親友が恋人同士になるという、またひとつ増えた幸せに心から喜ぶ。

再び車に乗り込んだふたりは、東照宮間近の駐車場に入った。

「さぁ、いよいよだ。行こう」

「うん」

差し出された手を取り、ぎゅっと握り返す。

理生に寄り添いながら、小百合は足を踏み入れたことのない思い出の地を歩き始めた。

栃木県日光市に所在する日光東照宮。徳川家康《とくがわいえやす》を神として祀《まつ》る、あまりにも有名な世界遺産の社寺である。

緑豊かな自然の中に現れる豪華絢爛《ごうかけんらん》な建築物は訪れる者を魅了し、社殿に掘られた様々な動物たちの中でも「眠り猫」や、見ざる言わざる聞かざるの「三猿」が取り分け人気だ。

「あれが眠り猫？　想像よりもずっと小さくて可愛い……！」

家康の墓所へ向かう奥宮。その参道入り口に掲《かか》げられた彫刻を見上げ、小百合はつぶやく。

牡丹《ぼたん》の花の下で眠る猫の彫刻「眠り猫」は、国宝のひとつである。教科書にも載る、非常に有名な彫刻だが、実際に目にするとその小ささに驚く。

「そういえば俺も昔、同じこと思ったな。三猿もどれがどれだか、よくわかってなかった。今こうしてじっくり見ると楽しいよ」

「本当に隅から隅まで緻密《ちみつ》で素晴らしいわ……。昔の人が丁寧に作ったものが、現代にこうして残っているのも、たくさんの人の努力があってこそだものね」

「そのとおりだと思う。大人になるといろいろなことがわかって面白いね」

修学旅行生やツアー客の合間を抜けながら、ふたりは寺社をじっくり見て回った。

東照宮を出て、再び車に乗り込む。

「次はいろは坂だ。酔いそうだったら言うんだぞ？」

「ありがとう。私ね、あの頃、いろは坂が一番楽しみだったんだ。だから今もワクワクしてる〜」

満面の笑みを見せると、理生がじっとこちらを見つめてくる。

「どうしたの？」

「同い年っていいよな。これから一緒に年を取ってくのがありがたいと思ってさ。小百合のことをずっとそばで見ていられる」

「理生……」

「俺のことも見ててくれよ？」

「絶対、絶対、ずーっと見てるわよ。一緒に年を取ろうね」

「ああ、約束だ。……今すぐキスしたくなったけど、人がいるから我慢する」

「っ！」

優しく微笑《ほほえ》んだ理生に言われて、小百合の顔だけでなく、体が一瞬で火照《ほて》ったのは言うまでもない。

くねくねと大きくカーブが連続する「いろは坂」は、日光市街と中禅寺湖《ちゅうぜんじこ》、奥日光を結ぶ観光道路だ。下りと上りの坂を合わせて四十八ヶ所のヘアピンカーブがあることから、いろはにほへと……の四十八音に例えられている。

理生の安全運転で進むいろは坂のカーブを、小百合は酔うこともなく、時折現れるニホンザルに驚きながら大いに楽しんだ。

そのあとは壮大な華厳《けごん》の滝を眺《なが》め、揚げたてほくほくの「ゆばコロッケ」を食べる。湯波《ゆば》はこのあたりの名産であり、そこかしこに湯波《ゆば》を使った料理店があった。京都では湯葉《ゆば》と書かれるが、こちらでは湯波《ゆば》と使われることが多いと知る。

そうして観光を楽しんだあと、ふたりは今夜泊まる宿に移動した。

「こんなにいいお部屋に泊まれるなんて、ものすごい嬉しいんだけど……。あの、お金大丈夫？」

「任せておけよ。今日は俺からのプレゼントだから、楽しめばいい」

戸惑《とまど》う小百合に、理生が余裕の笑みを見せた。

露天風呂をしつらえた、ラグジュアリースイートの部屋。壁に沿った長く大きなソファに座ると、窓いっぱいに広がる美しい緑を堪能《たんのう》できた。

作りつけの家具はどれも意匠が凝《こ》らされ、レトロモダンな雰囲気を醸《かも》し出《だ》している。ため息が出るほど美しい空間だ。

「ありがとう。今日の観光も本当に楽しかった。一生の思い出だわ」

「どういたしまして。小百合が喜んでくれるなら、世界中どこへでも連れていくよ」

隣に座る理生が、小百合の肩を抱きながら言う。

「……」

「どうした？」

「理生って、そんなこと言う人だったっけ？」

「なっ……！　やめろよ、そこ突っ込まれたら恥ずかしいだろ……！」

赤面してあたふたする理生が可愛く、思わず笑みがこぼれる。

「言われたほうも恥ずかしいよ。でもすっごく嬉しいから、もっと言って」

「わかった。飽きるまで言うから覚悟しておけよ？」

クスクス笑う小百合に、理生は額《ひたい》をくっつけて挑《いど》んでくる。

唇を重ね、じっくり小百合を味わった彼は、耳や首筋にもキスを落としてきた。少しずつ上がっていく互いの熱い吐息を感じた小百合は、理生の体をそっと両手で押す。

「ね、待って。先にお風呂に入ろう？」

「じゃあ俺が脱がせてあげる」

「自分ででき……、あっ、ちょっと待って」

理生の手がスカートの裾《すそ》をまくり上げる。長い指で太ももをなぞられて、ゾクゾクと肌が粟《あわ》立《だ》った。

「我慢できないよ。風呂の前に抱きたい」

「そんなに焦《あせ》らなくても、夜にいっぱいできるよ……？」

彼の瞳を見つめたが、譲らない熱を帯《お》びた視線が小百合の言葉を拒否をしている。

「あとでもするけど、今もしたい。まだ夕飯まで充分時間がある。ベッドに行こう」

「理生ったら」

そう言いつつ、彼に求められるのが嬉しい。

理生に引っ張られるようにしてベッドルームに入る。真っ白い清潔《せいけつ》なシーツとカバーが美しいベッドへ押し倒された。

「好きなんだよ、小百合のことが……好きでたまらないんだ」

焦《あせ》る彼の心のままに、服が剥《は》ぎ取《と》られていく。ショーツだけの姿にされながら、なだめるように理生の頭を胸に優しく抱いた。

「私も、理生が好きよ」

「俺の好きと小百合の好きは違う」

「どういう意味？」

尋ねる小百合の首筋に、理生が吸いつく。たぶん赤い跡が残ってしまうだろうくらいに、強く。

「俺のほうが小百合を好きだ。好きすぎて壊したくなるくらいに……」

「そんなの、怖い」

「それくらい、小百合を愛してるんだよ」

切なげな声で訴える理生は、自身もシャツとパンツ、そして下着を脱いでしまった。彼のそこはすでに準備万端といった具合に滾《たぎ》っている。

温かな肌の触れ合いは心地好く、抱き合いながらキスを深めていく。

舌を絡《から》ませていると、理生にショーツを剥《は》がされた。

「小百合、びしょびしょだよ。キスだけでこんなになってる」

小百合の足の間を指でなぞり、しめったそれを見せてくる。

「だって私、理生に抱かれるの好きだもん」

ずっと思っていたことを、小百合は口にした。

「え……」

「結婚してすぐ、理生とシたでしょ？　そのあとずっと体が疼《うず》いて……。私、自分が淫乱《いんらん》なのかと思ったの。でもそうじゃなくて、理生のことが好きだから、抱かれるのも好きだった、みたい」

「マジで……？」

理生が手を止め、小百合の顔を覗き込んだ。

「でも、あのベッドに誰か他の人が寝たんだって思うと、ひとりで悲しくなったりして、勝手よね」

「あのベッドって、うちの？」

「ひとりで寝るには広すぎるでしょう？」

「いや、結婚直前に小百合と寝るために買ったベッドだ。それに俺、あの部屋に女性を入れたことはないぞ？　小百合に片思いしている二年間の中で、引っ越した部屋だからな」

「そうだったの？」

「小百合と子づくりするために奮発して買ったんだよ」

ふっ、と理生が優しく笑った。

「……誤解してた。ごめんなさい」

「可愛い嫉妬《しっと》だね。俺のことが好きで悲しんでたなんて……最高だ」

嬉しそうに言った理生は再び手を伸ばし、濡れている入り口に指を差し入れる。

「あっ、ん……」

「すごい、あふれて止まらないよ」

ぐちゅぐちゅと弄《いじ》るその部分に、彼はずっと視線を置いていた。

「そんなにそこばっかり、見ないで」

「嬉しいんだよ。嬉しすぎて俺、どうにかなりそうだ」

「でも、恥ずかしいの」

「じゃあこうしよう」

「えっ？」

小百合をうつ伏せにさせ、さらに腰を持ち上げる。

「四《よ》つん這《ば》いになるとラクだよ。ほら、もっと腰上げて」

濡れたそこに理生の息がかかった。恥ずかしさでどうにかなってしまいそうだが、言われるがまま膝《ひざ》を折り曲げる。

「こんなの、もっと恥ずかし……っ、あ、んああっ！」

熱く滾《たぎ》った彼のモノに、いきなり深くまで貫《つらぬ》かれた。頭の奥で火花が散ったような衝撃を受ける。

「またっ、いきな、り、んあ、あん、やあっ！」

あんなにも大きく反り返っていた理生の肉棒を、すんなり呑み込んでいる自分に驚く。

理生は小百合のお尻を両手で掴《つか》み、ずぶずぶと抜き差ししながら言った。

「小百合、最高の眺《なが》めだよ、良すぎる……っ！」

ズンッと奥深くを穿《うが》たれて、快感に膝《ひざ》ががくがくと震える。

「あうっ！　あっ、電気、消し、てっ」

丸見えになった、あらゆる恥部を理生が見つめているのだ。客観視できないほどの羞恥《しゅうち》に襲われた小百合は、ベッドサイドのスイッチに手を伸ばす。

「今さらダメだって。俺が見るだけなんだから……いいだろ？」

小百合の背中に覆《おお》い被《かぶ》さってきた理生は、耳元で優しく諌《いさ》めながら、小百合の手に自分の手を重ねた。

「んっ、ずるい……」

「答えないともっとこうだ、ぞっ」

またも腰を打ちつけられて、抵抗などできるはずもない。

「ああっ……！　ダメッ、はげし、いっ」

頭が弾けそうなくらいに気持ちが良かった。

お互いに腰を振っているうちに、小百合は上《のぼ》り詰《つ》めそうになる。

「あっ、あっ、もう私……っ」

「俺もイキそう……、こっち向いて」

「ううっ、あっ」

いったん自身を引き抜いた理生は、小百合を仰向けにさせ、のしかかってきた。そして再び小百合のナカに挿入《はい》ってくる。

「小百合、いいよ、最高だよ」

「あ、ああ……いい……」

快感に歪《ゆが》む理生の表情を見つめていると、下腹の奥がさらに昂《たか》ぶっていく。

滴《した》り落《お》ちる小百合の蜜のせいで、理生の肉棒が激しくナカを擦《こす》るたび、じゅぶじゅぶと大きな音が立った。

繋がりながら、理生が小百合の唇を奪う。

「んっ、んむっ、んううっ」

舌を吸われ、歯の裏側まで舐《な》められる。小百合も彼の舌に自分のそれを絡《から》ませて、必死に応《こた》えた。

唾液をこぼしながら唇を離し、彼の首にしがみつく。

「あ、あぁっ、変に、なるぅ……ううっ」

「いいよ、もっと変になれよ……！」

強い刺激と甘美な快楽が交互に訪れ、小百合を引きずり込んでいった。

「理生っ、好きっ、好きなの、あああ」

「俺も好きだよ、愛してる、小百合……っ！」

「あ、愛して、る、理生……っ、理生……ああ〜〜っ」

パンパンと打ちつける音が速くなり、小百合の下腹から強い快感がせり上がってきた。

「ダメだ、もう出る……っ」

「お願、いっ、あっ、ああっ、イッちゃ、う……っ！」

深く繋がったそこが、ビクビクと痙攣《けいれん》する。同時に、理生が放出した愛の熱を奥深くに感じた。

理生は最後の一滴まで小百合のナカに擦《こす》りつける。小百合はそれをこぼすまいと彼を締めつけ、甘い快感に浸《ひた》った。


理生の腕の中でまどろみながら、小百合は頭に浮かんだあることを、ゆっくり話し始めた。

「……ね、思い出しちゃった。理生が修学旅行のお土産《みやげ》を私に買ってきてくれたじゃない？　何を買ったか覚えてる？」

「お守りだったんじゃないか？　小百合が具合悪かったから、健康守りを買ったような……」

小百合の髪を撫《な》でながら、理生が思案する。

「お守りは合ってる。でも違うの」

「どういうこと？」

「あれね、縁結びのお守りだったんだよ」

「え……、ええっ？」

理生が驚きの声を上げた。

「たぶん理生、間違えちゃったんだと思う。女子はああいうの敏感だから、当時の私はビックリしたの。だから今も思い出せたんだけど……」

「バカだなぁ、俺」

「でも結果的には縁が結ばれた」

こちらに体を向けた彼の胸に、顔を押しつける。

「そう思えばありがたいな。明日、改めてもう一度お礼参りに行くか」

「御利益《ごりやく》あったものね」

ふっと微笑《ほほえ》み合《あ》いながら、お互いを強く抱きしめた。

翌日、ふたりは約束どおり、再び東照宮を訪れる。

幼馴染《おさななじみ》で同級生の大切な親友と、夫婦として心から結ばれたことを喜び、お礼参りをした。修学旅行の小学生たちに交じり、今度は子宝祈願のお守りを購入する。


二ヶ月後、幸せに満ち足りた生活のなかで、ふたりは宝物を授かったことを知った。

番外編　俺の愛に気づけよ

「私ね、婚活して彼ができたんだ」

「……え？」

秋の深まりが肌に感じられようになった頃。小百合からの突然の報告に、理生の体が固まった。

「三回目にしてやっと成功」

「は、はぁ？　そんなこと言ってたっけ？　俺、全然聞いてないけど――」

「だって言ってないもん」

小百合はグラスを両手で持ち、目を伏せる。

都内にあるバーのカウンターは、小百合とゆっくり飲むのに気に入っている場所だ。ここでいよいよ今夜、彼女に告白をしようとしていた矢先の衝撃だった。

「何だよ、それ。水臭いな」

「言ったら理生は必要以上に心配するでしょ？　理生は誰にでも優しくて人の心配ばかりしてるんだもの」

「そんなことないよ」

「余計なことで気を遣わせたくないの。理生は忙しいんだから、貴重な時間をもっと自分のために使ってよ」

「俺が好きでしてるんだから、そんなふうに言うなよ。……寂しいだろ」

つい、イラついた口調で言ってしまう。悪いのはグズグズしていた自分で、小百合ではないのに。

「ごめん。親友なのに大事な報告しなくて。今度から、何かあったらすぐに何でも伝えます」

「……遅いっての」

「え？　何？」

「いや、何でも。それで相手はどういう人なんだ？」

「ええとね、食品メーカーの総務にいる人で――」

はにかんだ小百合の笑顔を見て、心臓を掴《つか》まれたかのように胸が痛くなる。

笑顔を湛《たた》えながら、理生は小百合の一言一句《いちごんいっく》を聞き逃さないようにした。

自分の何が、その男よりも劣っているのか。自分を男として一度も意識してもらえないのはなぜなのか――

「こんな感じかな？　あとはきっちりしてそうな雰囲気の人だよ」

「へえ……」

「ねえ、理生。もしかしてご飯、食べ足りなかった？」

このバーに来る前に、ふたりで和食を食べたのだが、そのことを言っているようだ。

「俺、そんな顔してる？」

「うん。何だか物足りないって顔してる」

「少しは伝わってるのか」

その男について知りたいだけではなく、小百合の考えや思いをもっと教えてほしい。そんな心の叫びが顔に出ていたのだろう。

「まぁ、理生が何考えてるか、私にはだいたいわかるので」

「ぶっ」

思わず、口に含んだウィスキーを噴いてしまった。

「ちょっと噴き出すことないじゃない。失礼な」

「じゃあ今、何考えてるか言ってみ？」

ハンカチで口を拭きながら、理生は小百合のほうへ体の向きを直す。そして、その可愛い瞳に視線を合わせた。

「そっ、そんなにじっと見られたら答えにくいわよ」

「見ないとわからないだろ。ほら、俺の目、見ろよ」

たいして酔ってもいないが、酒の席の勢いで小百合の頬に手を当て、こちらを向かせる。上目遣いでじっとこちらを見ていた小百合が、ふふ、と笑った。

「ん～、よし、わかった、うん。わかっちゃった。俺も彼女欲しいな、でしょ？」

相変わらず見当違いのことをドヤ顔で言う小百合から手を離し、見えないようにため息を吐《つ》いた。

「欲しいな、の部分は合ってる」

「何が欲しいの？」

「小百合」

即答して、ウィスキーを呷《あお》る。

「……え」

「小百合がさっき食べてたアレ、何だっけ？　俺も欲しいと思って」

「あっ、ああ、おかずのことね、ビックリした。やっぱりお腹《なか》が空《す》いてたんじゃない」

彼女の焦《あせ》りが伝わり理生の胸が疼《うず》く。

少しは心を動かすことができたのかと満足し、意地悪な笑みを向けた。

「何にビックリしたって？」

「えっと……ううん、別に。さっき食べてたのは、ネットの通販で買えるよ。私、注文しておいてあげようか？」

「ああ、頼むよ」

「次に会う時に持っていく」

「そうだな。……なぁ、小百合」

「ん？」

「彼氏ができたからって、もう俺と会わないなんて言うなよ？」

「言うわけないでしょ。彼氏ができても結婚しても、理生は大切な幼馴染《おさななじみ》、親友だもの」

ああ、良かったと、ひとときの安寧《あんねい》を得る。

「その婚活男がろくでもない奴だったら、俺がぶっ飛ばしてやるから言えよ？」

「あはは、ありがと。そんなことないから大丈夫よ」

「小百合は危なっかしいから、俺が見ていてやらないと」

「そう言ってもらえるだけで安心する。私、幸せだね」

微笑《ほほえ》む彼女の顔から視線を逸《そ》らす。胸が痛くてたまらない。

その可愛らしい唇に、婚活男はキスをしたのだろうか。細身の体を抱きしめたのだろうか。美しいロングヘアに指を入れ、香りを堪能《たんのう》したのだろうか――

「あっ、理生もイヤなことがあったら言ってよ？　私、理生のためなら何でもする。相手の女性に理生はこんなにいい男なんだよって言いに行くから」

「そんな相手いないよ」

「どうしてなんだろう。理生だったら素敵な女性が向こうから寄ってくるのに。そんなに理想が高いの？」

「……まぁね」

むなしく苦笑し、ウィスキーのお代わりを注文した。

こんなことになるなら、元カレにフラれた小百合の気持ちが落ち着くまで、などと悠長なことを考えずに告白すれば良かった。そんなことを思っても……今さらどうにもならない。


しかし、その後も何だかんだと理由をつけて、理生は小百合に会っていた。

美味《おい》しい店を見つけたから、仕事の愚痴《ぐち》を聞いてほしいから――などなど、理由は何だっていい。彼女の近況を知りたかった。顔も見たかったのだ。

そして今日は、彼女が婚活をする前に約束していたテーマパークに来ている。「彼氏がいるから止《や》めようか」などと言ってはやらない。律儀な小百合は、理生との約束を反故《ほご》にできないとわかっているからだ。

いくつかアトラクションに乗って楽しんだあと、カフェのテラス席に座ってコーヒーを飲む。はしゃぐ人々を見つめながら、理生が先に口火を切った。

「なぁ、小百合。やっぱりその男、やめたほうがいいんじゃないのか」

婚活相手に対して、小百合のテンションが少し下がっているのは感じ取っていた。

彼女にはうんと幸せになってほしい。だがしかし、その婚活男には違和感を覚えたのだ。

結婚は考えているようだが、小百合を大切にしているかといえば違う。将来のために、彼女が働くのは大いに賛成、しかし食事はワリカン、デートらしいデートは軽い食事のみ。あとはどうせ結婚すれば毎日一緒なのだからお金がもったいないと言って、どこにも出かけないらしい。お互いの部屋も行き来ナシ。恋人という関係からは、ほど遠いようだ。

今日も理生と出かけることを伝えたというが、咎《とが》められることもない。そもそも小百合に興味がなさそうだ。

理生からすれば嬉しいことこのうえないが、小百合には複雑だろう。

「お金に対して真面目できっちりしてるのはいいと思うの。私も仕事して、子どももたくさん欲しいしって言ったら、どうぞって言ってくれたし……」

「結婚するのに他人事みたいな言い方は、かなり引っかかるけどね」

「理生が言うならきっと、そうなんだろうね。あ、あとね、やっぱり私の背が高いのが、ちょっとイヤみたい」

えへ、と泣きそうな顔で彼女が笑う。

「キスもしてないんだろ?」

思わず、小百合の腕を掴《つか》んで聞いてしまった。

「え、ま、まぁ、そうね……。キスどころか手も繋いでないけどね……」

目を泳がせて困った表情を見て、理生は腕を放した。

(何なんだ、そいつは。どういうことなんだ。それでも、そんな奴と結婚したいって言うのか……?)

「俺に……」

「ん?」

俺にしておけよと、つい言ってしまいそうになるのを抑える。焦《あせ》るな、焦《あせ》るなと自分に言い聞かせた。

「いやその、俺がそいつに言ってやろうか?」

「え、ええっ、大丈夫だってば。自分で言えるよ」

「それならいいけどさ。とりあえず、このあとも時間あるんだよな?」

「うん」

「じゃあ別の場所に行こうぜ」

カフェを出て、イルミネーションが輝くエリアへ連れていく。

「わぁ……！　綺麗ね！」

喜ぶ小百合の隣に立ち、一緒にまばゆい光を見つめながら、どうして自分たちはカップルではないのだろうと、ぼんやり思った。

こんなにも好きなのだから、少しくらいつけ込んでもいいのではないか……？

「小百合がクリスマス前にフラれたら、クリスマスは俺が一緒にいるよ。独り身同士、仲良くやろうぜ」

そう、これくらいならバチはあたらないだろう。

「理生はまだ彼女ができる予定ないの？」

「今のところはね」

小百合に微笑《ほほえ》むと、彼女は頭を下げて、意外にも理生の意見に同意した。

「それなら、よろしくお願いします」

「ああ。楽しみにしてる」

「楽しみって何よ～。そんなに別れてほしいわけ？」

「小百合が幸せになれないなら、別れてほしいと思うのは当然だろ」

ああ、神様。次にチャンスが来たら絶対に逃しませんから——

「俺は別れたほうがいいと思う。そのほうが小百合は幸せになれる」

切実な思いを胸に、小百合に語りかけた。

「じゃあ本当にひとりになったら、クリスマスは幸せにしてね？」

「任せておけ」

「でももう少し頑張ってみる。理生に話したらスッキリしちゃった。理生は？　悩みとかないの？」

「え……」

「お仕事大変なんだから、悩みがないわけないよね。私じゃ頼りないだろうけど、辛《つら》いことを吐き出す相手くらいならなれるよ。遠慮しないで」

悩みの種そのものの存在である小百合に、素直な言葉をぶつけてみる。

「吐き出してもいいのか？」

「もちろん！　何でも言って。全部受け止めるから」

どんと胸を叩《たた》き、小百合が笑顔を見せた。

「気持ちだけ受け取っておく。ありがとな」

いや、まだその時ではない。焦《あせ》るな、焦《あせ》るな。

「……やっぱり私じゃ頼りない？」

「そんなことないよ。……もしも、さ」

「もしも？」

「もしも小百合がひとりになったら、俺が引き取るから安心して」

「あ、ありがと。でも、そこまで気を遣ってくれなくていいってば。ほら、あっちも行ってみよう。すごく綺麗ね」

光り輝くイルミネーションの中を、小百合が早足で歩き出す。

「……俺は本気だけどな」

(鈍いだけなのか、天然なのか。まったく俺の気持ちは通じていないが、チャンスはまだありそうだ。クリスマスに小百合を幸せにするのは、俺だ)

婚活相手との付き合いに対して否定的なアドバイスを継続しよう。陰険なのは十分承知のうえであるが——

理生はカレーを作りながら、長々と昔の思い出を逡巡《しゅんじゅん》していた。

(くっ、あの頃の俺、よく耐えたな……！　思い出すと泣きそうだ)

でき上がった鍋の火を止め、エプロンを外す。

「クリスマスに婚約指輪を買いに行ったのは、何としても俺の思いを成就させたかったからなんだよな……」

ソファに寝転び、実家から帰ってくる小百合を待つ。まぶたを閉じ、先ほどの続きを思い出した。

パレードの終わったテーマパークをあとにし、車に乗ろうとしたその時。

急激な寂しさに襲われた理生は、つい小百合を抱きしめてしまった。だが拒否され、彼女に逃げられる。

「待って、小百合！」

いや、おかしい。こんな思い出があっただろうか？　結婚が決まってすぐに肩を抱いたのが、初めてだったと思うが――

「理生は大切な友人だと思ってたのに、ひどい。離して！」

「ごめん、でも俺はお前のこと本気で――」

「離してってば。離してくれないなら、こうだからね、えいっ」

「うおっ」

パチンと頬を叩《たた》かれた。しかも連続で。

「いてっ、ごめんってば、小百合、いたた、ごめんっ」

「えいっ、えいっ、もうパパ、起きてよー」

「……はい？」

小百合は理生の頬を打ちながら、おかしなことを言い始めた。

「朝ですよ、起きてくださいー、パパってばー！　えい、えいっ」

「小百合、冗談はやめっ……って、あれ？」

まぶたを上げると、目の前に可愛い女の子がいる。

「あ、パパ起きた。わたしママじゃないよ、さくらちゃんだよ」

くりくりとした大きな目でこちらを見つめていた。そう、彼女は愛しい愛しい、もうすぐ三歳になる我が娘である。

「さくら……！　あ、夢かぁ……。いつの間にか眠ってたんだ」

夢の中で感じた違和感は本当だった。あんなふうに無理やり小百合を抱きしめたことなどない、というかそんなことはできなかった。

起き上がって、さくらを抱っこする。

「帰ってきてたんだな。ああ、さくらは、かわいいなぁ、いい子いい子」

ふわふわのほっぺに頬ずりすると、イヤイヤとされた。

「パパ、ほっぺいたぁ～い」

「ごめん、ごめん」

笑っている理生のそばに、ふわりとしたいい匂いと共に愛しい妻が現れる。

「ただいま。起こしちゃってごめんね」

ああ、好きだ……。あの頃の感情そのままに、さくらを抱っこしながら、反対の手で小百合を抱きしめた。

「小百合っ！」

「ちょっ、ちょっとどうしたの？」

「いや……、幸せだなぁと思って。少しだけこのままでいさせて」

「じゃあ私も」

小百合が理生を抱きしめ返すと、さくらも「パパ抱っこしてあげる」といって、小さな手で抱きしめてくれた。

理生が作った大人用と子供用のカレーを夕飯に食べ、さくらをお風呂に入れる。寝かしつけも理生がしたのだが、あっという間にさくらは眠ってしまった。まだ夜の八時前だ。

「疲れちゃったのかな。すぐ寝ちゃったよ」

寝室からリビングに戻ると、ソファに座っていた小百合がこちらを見た。

「寝かしつけありがとう。昨日から実家でも上《あ》げ膳《ぜん》据《す》え膳《ぜん》だったし、すごくゆっくりできちゃった」

「いつも大変な思いしてくれてるもんな。こちらこそありがとう」

産後も小百合は週に一度だけ講師を続けていた。情熱を持って子どもたちを指導する彼女を尊敬しているし、応援したい。

一方、理生は営業部から開発部を経て教育事業部門に異動し、成果を上げている。幼児の音楽教育に力を入れるため、小百合が勤める楽器店と提携を結ぶことになったのも、理生の提案が大きかった。彼は数年以内に副社長の座に収まるよう、父から言われている。

理生は小百合の隣に座って、柔らかな肩を抱く。彼女が自分にもたれかかってきたところで話し始めた。

「俺さっき、うなされててさ」

「私たちが帰ってきた時ね？　寝ぼけてたみたいだけど、イヤな夢でも見たの？」

「小百合に片思いしてる時の夢だった」

小さく深呼吸して、話を続ける。

「テーマパークに行って、楽しいのに苦しかった。そしたら小百合に嫌われそうになってさ。焦《あせ》って引き留めたら顔を叩《たた》かれて、それがさくらの手だったってわけ。マジで安心したよ。さくらに感謝だ」

じっと黙って聞いている小百合の隣で、理生はうなだれた。

「情けないよな〜。俺、もう一家の主《あるじ》だってのに。小百合も呆《あき》れただろ——」

「理生！」

「うおっ」

小百合が胸にどーんと飛び込んでくる。そして強い力で抱きしめてきた。

「私、前と変わらず理生が好きよ？　大好きで大好きでたまらないの。あの頃の理生に会えたら伝えてあげたい。私があなたを幸せにするから、って」

「小百合……」

「抱いて、理生。好きって言って」

上目遣いでこちらを見た小百合が、熱を帯《お》びた声でおねだりする。

「……そろそろ、理生の赤ちゃん、もうひとり欲しいな」

目の前がチカチカし、体中の熱が一ヶ所に集まっていく。この煽《あお》りを我慢するなど、百パーセント不可能だ。

「小百合……っ！」

「きゃっ」

ソファの上に小百合を押し倒し、唇を奪った。有無を言わさず舌を入れ、舐《な》め回《まわ》し、深いキスを続ける。

「ふっ、んぁ……、も、もう〜、いきなりびっくりするでしょ」

「愛する妻にそんなこと言われたら、我慢できないに決まってるだろ」

息を切らして潤《うる》んだ目で見つめる小百合に、理生は眉根を寄せて抗議した。

「私も……愛してる。今夜は子づくり、がんばろうね」

「ダメって言っても、終わらせないからな？」

「っ！」

首まで赤くなった小百合の唇に、自分のそれを押しつけ、再び深いキスをする。

お互いの体を探り、愛の言葉を降らせ、その夜は遅くまで激しく求め合った。

永遠の愛という幸せを貪《むさぼ》りながら。

恋愛小説「エタニティブックス」の人気作を漫画化！

EC
Eternity COMICS

原作 葉嶋ナノハ　漫画 青井キリセ

婚約破棄から始まる ふたりの恋愛事情

「好きな人ができたんだ。だから結婚をやめたい」婚約破棄されてから数ヶ月後、星乃《ほしの》は同じ境遇の北村《きたむら》と出会う。お互いの傷を知ったふたりは、一夜限り…と、慰めあって別れたけれど、なんと、ひと月半後に再会！　北村は、星乃が応募したシェアハウスの運営関係者だった。しかも彼は、自分も一緒に住むと言い出し、始まった同居生活は甘々で…!?

B6判　定価：704円（10%税込）　ISBN 978-4-434-27874-7

ある日突然、祖母の遺言により許嫁ができた一《かず》葉《は》。しかもその許嫁というのは、苦手な鬼上司・克《かつみ》だった！　一葉は断ろうとするも言いくるめられ、なぜか克の家で泊まり込みの花嫁修業をすることになってしまう。ところが、いざ同居生活が始まると、会社ではいつも厳しい克の態度が豹変！　ひたすら甘～く迫ってきて──!?

B6判　定価：704円（10％税込）　ISBN 978-4-434-25438-3

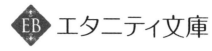

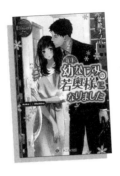

～大人のための恋愛小説レーベル～

ETERNITY エタニティブックス

ETERNITY エタニティブックス Rouge

初恋の人と恋のレッスン!?
書道教師はクールな御曹司に甘く手ほどきされました

エタニティブックス・赤

水《みず》田《た》歩《あゆむ》

装丁イラスト／カトーナオ

ある日、仁那《にな》の書道教室に、初恋の人と同姓同名の相手から見学の申し込みが届いた！　大人の男に成長した松代《まつしろ》との思わぬ邂逅にドギマギする彼女は、その夜、酔った勢いで彼と一夜を共にしてしまう。翌日も教室にやってきた彼は、一刻も早い上達のために教室に住み込みたいと言って……!?　一方、松代は仁那に対してとんでもない勘違いをしているようで――

※エタニティブックスは大人の女性のための恋愛小説レーベルです。ロゴマークの色で性描写の有無を判断することができます（赤・一定以上の性描写あり、ロゼ・性描写あり、白・性描写なし）。

詳しくは公式サイトにてご確認ください。
https://eternity.alphapolis.co.jp/

この作品に対する皆様のご意見・ご感想をお待ちしております。

おハガキ・お手紙は以下の宛先にお送りください。

【宛先】

〒150-6008 東京都渋谷区恵比寿4-20-3 恵比寿ｶﾞｰﾃﾞﾝﾌﾟﾚｲｽﾀﾜｰ８F
（株）アルファポリス　書籍感想係

メールフォームでのご意見・ご感想は右のＱＲコードから、
あるいは以下のワードで検索をかけてください。

アルファポリス　書籍の感想　検索

ご感想はこちらから

子《こ》づくり婚《こん》は幼馴染《おさななじみ》の御曹司《おんぞうし》と

葉嶋 ナノハ（はしま なのは）

2023年 10月 31日初版発行

編集－黒倉あゆ子
編集長－倉持真理
発行者－梶本雄介
発行所－株式会社アルファポリス
〒150-6008 東京都渋谷区恵比寿4-20-3 恵比寿ｶﾞｰﾃﾞﾝﾌﾟﾚｲｽﾀﾜｰ8F
TEL 03-6277-1601（営業） 03-6277-1602（編集）
URL https://www.alphapolis.co.jp/
発売元－株式会社星雲社（共同出版社・流通責任出版社）
〒112-0005 東京都文京区水道1-3-30
TEL 03-3868-3275
装丁イラスト－無味子
装丁デザイン－ナルティス（稲見麗）
（レーベルフォーマットデザイン―ansyyqdesign）
印刷－中央精版印刷株式会社

価格はカバーに表示されてあります。

落丁乱丁の場合はアルファポリスまでご連絡ください。

送料は小社負担でお取り替えします。


ISBN978-4-434-32796-4 C0093